KB053614

시인 **조경진**

척 하다가

척하다가

조경진 시집

정글판

　요즘 독자들이 시를 읽지 않는 이유는 시가 난해하고 재미가 없어서라고 한다.

　가끔 내 놓는 내 시 역시 독자들이 어렵다는 반응이다.

　시의 격을 높이면서 재미있는 시를 쓰는 방법은 없을까?

　임보 시인은 시를 흥미롭게 하는 방법의 하나로 '시 속에 이야기를 담는다' 했는데…….

　이번 출간하는 시집은 수록된 시를 읽는데 도움이 될 이야기로 독자를 안내하려 한다.

　시를 쓰게 된 배경과 시상의 의미화에 대한 이야기를 곁들이고자 한다.

　엄밀히 말하면 시집이 아닌 시집이 엮어지겠지만.

　내 시를 읽는 독자들에게 조금의 도움이라도 되었으면 하는 바람이다.

2018. 가을 문턱에서
조 경 진

| 차례 |

머리 말 … 7

제1부 : 이슬과 햇살의 향연

거울이 그리는 내 초상화 … 15

미로 산책 … 17

장자를 읽다가 1. 2. 3 … 19

루체른의 월광 소나타 … 25

구인求人 광고 … 27

영암댁의 뻘밭 … 29

너는 누구냐? … 31

오월 … 34

그때, 이후 … 36

장수말벌 … 39

막새바람 불어 좋은 날 … 42

덜어내기 … 44

씨 … 46

오목눈이 빈 둥지처럼 … 47

가을을 타다 … 50

제2부 : 대청호에 뜨는 달

중앙공원의 묵화墨畵 … 55

인터뷰를 기다리며 … 57

우항리에서 환생하는 공룡 … 59

저 고인돌은 왜 가벼운가? … 62

노인은 박물관이다 … 65

잠자는 별과 조우 … 68

읽히지 않는 고서古書 앞에서 … 70

돌 속의 잠 … 72

폼페이에서 … 74

옛 시간의 발자국 … 76

겸재의 총석정 … 78

가뭄 … 81

당당한 가을 … 83

병원 대기실에서 … 85

겨울비 … 87

속초의 아침 … 89

제3부 : 흐르는 길 따라

가을에 … 95

돌도 부처가 되는데 … 97

11월 장미 … 99

하늘을 건너간 나비 … 101

푸른 밤의 꿈 … 104

먼 길 … 106

하얀 국화 한 송이 … 108

자가운 인연 … 110

드렁칡을 위한 변명 … 113

모과나무 분재 … 115

잊음으로 여는 세상 … 117

꽃이 피고 지고 … 120

흐르는 가을 길에 … 122

가을 여자 … 124

늦은 봄밤 … 127

내 영혼의 불꽃 … 129

제4부 : 오목렌즈로 보는 세상

방울새 … 133

스미다 … 135

바람 … 137

무명 시인의 집 … 140

늦은 귀가 … 142

밤에 우는 뻐꾸기 … 144

꽃의 진실 … 146

행복한 저녁 한때 … 148

꽃 편지 … 150

목련 … 153

흔들림에 대하여 … 155

민들레 … 157

벚나무 꽃집 한 채 … 159

4월 나무의 식사 … 161

문의文義 고인돌 … 163

이슬과 햇살의 향연

제1부

거울이 그리는 내 초상화

내 거울은
모딜리아니* 화풍을 닮은 화가다
거울이 나를 처음 그렸을 때
내 초상화에서 은방울 소리가 났다

한땐 세상을 향한 눈빛이
아침 이슬처럼 맑았고
장미꽃보다 더 찬란하게도 보였다

어느 날부터 화가의 손이 떨리고
눈에 황반변성黃斑變性이 생기는가 싶더니
내 모습은 구겨지고
이마엔 실개천, 머리 숲은 민둥산이 되어
처음 본 듯 낯설어지기 시작했다

---

*모딜리아니 : 이탈리아의 화가(1884-1920)
　　　　　 고독한 영혼의 화가로 불리며 자신만의 기법으로 초상화
　　　　　 를 그렸음.

15

요즘은 나를 그리는 화풍이 아예 달라졌다

고요를 자주 흔들어 진경眞景과 허상 사이를 오가며

상고대 우는 바람 속에 나를 가두려 한다

내 초상화가 불온한 살얼음이라도

나는 거울 화가를 믿기에

내일이 아프지 않다

어느 날 아침 집을 나서다가 헌관에 걸린 거울에서 낯선 그림을 보고 깜짝 놀랐다. 나아닌 나의 초상화였다. 오래전부터 가끔 그려주는 초상화인데——

거울에게 내 초상화를 다시 그리게 했다. 내 모습을 내면의 팔팔함까지 진솔하게 그려주기를 부탁했다. 그러나 역시 내가 생각한 내 모습은 아니었다. 내 속에 웅크린 진면목을 볼 수 없었다.

억새꽃 듬성한 언덕 밑에 실개천이 흐르고 낙엽 진 앙상한 가지를 붙들고 서 있는 오래 된 나무처럼 지는 해에 어수룩하게 늙어가는 모습으로 그렸다.

아침에 저녁 그림자가 드리우는 것 같아 화가의 붓이 잔인하다며 돌을 씹는 마음으로 다시 보는 거울 속 그림. 초롱초롱하던 눈빛, 푸르고 싱싱하던 모습은 어디로 갔는가?

꼭 10년 전으로 그림을 돌려놓고 집을 나서는데 거울 속 그림이 뒤 따라오며 한마디 한다. 세월이 언제 거꾸로 가던가요?

미로 산책

마음이 고요를 다스리지 못할 때
칼릴 지브란의 시집
'예언자'*를 연다
시가 이끄는 영혼의 미로를 들어선다

심상이 깔아놓은 들판
하늘새가 햇살의 현을 잡아
하프를 연주하고
시어가 말처럼 내달리다 정물이 되고
발자국에 고인 하늘에서 꽃이 핀다

행간이 바뀌고 미로가 열렸다 닫힐 때마다
나는 공허의 길을 더듬는다
때론 미로에서 햇살에 찔리기도 하고
때론 마음의 호사를 맞는 기쁨에
설레기도 하지만

---

*칼릴 지브란의 '보이지 않는 사랑은 아주 작습니다' 중에서 인용

시의 길이 보이는 듯 지워진다

장미의 가시가 소름으로 돋고

제 가슴 찔러 꽃대 세우는 가시연처럼

갈대의 속울음이 내 울음인양

자박자박 다가오는 발자국 소리에

귀 세우는 저녁

미로의 끝은 아득하기만 하다

'우리의 현실은 이해하지도 못하고 저 깊은 속에 있는 어떤 것을 쫓아서 무의식적으로 살고 있다.' – 칼릴 지브란 –

우리 모두는 지구위에 보이지 않는 동굴 속에서 끼리끼리 모여 산다. 정치니 이념이니 포장을 치고 그들만의 소통으로 동굴을 확장하려 몰두하며 하루를 보낸다.

또 한편으로는 시인들이, 예술가들이 그들만의 신비의 세계를 구축하고 밤을 낮이라 하고 슬픔을 기쁨이라 우기며 별천지 성을 쌓아올리려 한다.

많은 사람들은 목을 축이고 배를 채우는 생활에 지쳐 여유를 갖지 못하는데 함께 사는 세상임에도 낯선 이방인 같이 회색 얼굴로 거친 시어를 조립한 난해한 시를 읽기가 쉽지 않다. 미로에 갇힌 시가 가끔 내게 탈출구를 안내해 주나 내겐 미로의 끝이 너무 멀다.

장자를 읽다가

1.

장자를 읽는데
장자가 휘익 바람이 되어
한 말씀 하신다
허공이 다 내 집이니
세상 끝 가보아도 그곳이 그곳이더라

잠시 눈을 들어 하늘을 바라보니
차원을 뛰어넘은 말씀의 유희
세상 가는 길은 돌고 도는 길이라고
삭아서도 빛나는 글자가 넌지시 귀띔 한다

참새도 곤붕鯤鵬*도 한세상
허공의 길은 언제나 열려 있고
지상에 남긴 것은 헛 그림자 뿐
삭은 뼈마디에서 꽃이 피고
나뭇잎 하나 새가 되어 날아간다

바다와 돌확에 고인 물 사이

죽음과 삶 사이

장자를 읽다가 뜬구름 속을 헤맨다

허공에 노니는 장자를

그림자라도 잡으려다

지나는 바람 한 점 못 쥔 빈손이다

*鯤 ─ 북해에 산다는 전설 속 큰 물고기

 鵬 ─ 곤이 새로 변한 이름

2.

무슨 얘기더라

장자가 방금 한 말씀이, 무위無爲?

아내의 주검 앞에서

큰 소리로 노래 부르는 사내가 있고

산새 울음인가 싶더니 그 울음
휘익 바람이 먹어치우고

동백이 목을 꺾으니
목련도 따라 뚝 목을 꺾는다

끝 모를 벌판에 서 있는 내게
지금 무얼 하느냐 묻기에

구름 위 세상 구경하려
장자를 따라나선 길이라고

바라보니 하늘 밑은 고해苦海요
뜬 구름은 천千의 관음觀音

개망초도 몇 송이 꽃을 이고 걸어가는데

나는 한 발도 못 떼고 서 있으니

청맹과니가 바로 나란걸

3.

책 한 장의 무게가 너무 무겁다

고인돌 밑에 깔린 영혼의 문자 같은
뜬 구름 잡는 현자賢者의 말씀에
그 뜻 너무 넓고 깊은 크레바스 때문에
길을 잃고 헤맨다

어쩌다 영롱한 문자의 눈빛에
가슴 떨며
사유思惟의 신을 신고 그 속을 걸어볼 때도
내게 들려주는 말들이

잠시 나를 위무하다가
바로 까만 동굴 속에 유폐된다

그때마다 불을 켜고 다시 길을 찾아보지만

세상을 담을 내 그릇의 문제일까
내게 들려주는 이야기는 넘치지 않으면
아예 그릇에 들지도 않는다

다만 천 년 고목이 가슴을 열어
생은 항상 새록새록 새로움으로 다가온다며
주름진 손 내밀어
나뭇잎을 흔들어 준다

구름 저편 바람의 길 따라 장자를 읽다가
나부터 읽으려
허접한 내 관념의 옷을 벗는다

고전을 읽어야 하는 이유는 낯선 세계와의 만남을 통해 우리기 사는 시
대를 새롭게 조명할 수 있기 때문이다.

장자의 도관道觀이나 망아忘我의 자기존재 망각, 무위자연에 입각한 자
유인 추구 등 그의 사상에 쉽게 매료되나 그가 말하는 진의를 알기는
쉽지 않다.

책 한 페이지를 손으로 넘기기는 쉬우나 머리로 넘기기는 어렵다.

뜬구름 잡는 말씀에는 나무를 보되 둥치는 안 보이고 이파리만 흔들린
다.

허공을 노니는 장자, 그의 그림자라도 잡으려다 지나가는 바람도 못 잡
고 빈들에서 쭉정이 낱알 한 움큼 쥐고 섰다.

옛 장자 시절에도 "스승님의 이야기는 실로 그럴 듯하나 너무 크고 황
당하여 현실세계에서는 쓸모가 없습니다."라고 나와 같은 생각을 한 제
자가 있었다는 사실에 위안을 받을 뿐, 역시 그 깊은 뜻의 변죽도 울리
지 못하는 무지가 안타깝다.

루체른의 월광 소나타

루체른 호숫가 낡은 이층 집
피아노 앞에 앉은 소녀의 가는 손가락 사이로
달빛이 튄다
꼬리를 물고 튀어 오르는 빛과 빛의 향연
월광 소나타
달빛을 물고 유영하는 물고기 떼가
호수를 무대삼아 군무를 하고
루체른을 호위하는 듯
날 세워 창을 든 필라투스 산봉우리도
순한 몸짓으로 물속에 발을 담근다

나는 루체른에서
가장 고운 금줄, 은줄 달빛 현을 잡고
포근한 호수 물결을 베고 눕는다
세상에서 가장 깊고 향기로운 피아노 음률에
황홀한 꿈속을 거닌다

세상에는 신기하고 아름다운 곳이 한두 군데가 아닌데 왜 이곳이 가장 가슴에 와 닿는지 나 자신도 모르겠다. 이곳은 유명한 시인의 시구로도, 명성 높은 화가의 붓끝으로도 도저히 있는 그대로의 오묘한 느낌을 표현할 수 없을 것 같다. 어느 것이나 이 아름다움을 훼손하는 군더더기에 불과할 것이기 때문이다.

마음 속 번뇌를 다 털어 버리고 신선한 공기로 가슴을 채우고 맑은 호수에 눈을 씻고 바라보는 풍경, 가슴 떨리는 기쁨이다. 그것은 아마도 루체른의 하늘이 너무 맑았기 때문만은 아니다.

달이 루체른호에 조용히 내려앉는 밤에 환영인 듯, 이명인 듯 들리는 베토벤의 월광 소나타. 눈 먼 소녀가 연주하는 피아노 음률의 감명은 오래오래 가슴에 남는다.

삭막하게만 살아온 내 귀에, 눈에 비친 것이 껍데기 감성의 자극에 불과하겠지만 달빛 고운 밤의 필라투스와 함께 가슴에 포근히 안기는 안온을 잊을 수 없다.

구인求人 광고

생이 벽에 부딪쳐 버거울 때
길 가다 길을 잃어 주저앉을 때
토정비결의 귀인처럼 원뢰로 다가와
삶은 가끔 매듭을 짓느라 눈물의 사리를 만든다며
내 어깨를 툭 치고
트로트 한 곡 구성지게 불러줄 수 있는 사람

영지에서 무영탑돌이 하는 아사녀를 위해
하늘재 넘어 무심한 돌멩이에 불심을 불어넣고
돌아앉은 미륵의 현현한 미소로
어느 날엔가 물방울 통통 튀는 영지에
연꽃으로 피어날
아사녀를 뜨겁게 품고 사는 아사달 같은 사람

풀 꽃대 꼭대기에 오른 무당벌레처럼
허공을 날 수밖에 없는
자유의 '바이오 칩'을 장착해 놓고
북극 오로라가 되어

현란한 자유의 춤을 출 수 있는 사람

이슬 젖은 바짓가랑이 무심히

새벽 들판 한 바퀴 돌며

거기 풀잎 푸르던가

마른풀은 제 몸 잘 뉘는지

손끝으로 따뜻한 마음을 전할 수 있는

사람을 구합니다

2018년 6월

타는 목마름이다. 막연한 그리움이다. 사람은 누구에게나 바람이 있다.
삶이 어려움에 부딪힐 때 그 소망은 더욱 간절해지고 때로는 절대의 힘
에 매달리게도 된다.
나도 작은 바람을 가져본다. 바람이 없는 삶은 삭막할 테니까.
비록 나의 바람이 헛되고 허망에 그칠지라도 바람을 안고 살아간다는
것은 생명력의 원천이라 생각된다.
달을 사랑해서 호수에 빠진 달을 건지러 물에 뛰어든 시인이나, 바다를
사랑한 화가가 화구를 들고 바다로 들어간 망상만 아니라면.
소망은 제한이 없고 무한자유다. 나만의 생각의 자유, 바람의 자유를 누
린다는 것이 얼마나 행복한 일인가. 고개 들어 내가 바라는 대상을 찾
고 마음을 나눌 수 있는 사람이 있다면 더욱 그렇다.

영암댁의 뻘밭

검은 깃발이 펄럭이는 뻘밭
종일 집게가 되어 기어 다니는 목숨 하나
매일 그곳에 있었다
삶을 뻘에 담보 잡히고
눌러 쓴 모자에 가려진 뻘이 된 얼굴
뻘밭은 땀이었고 눈물이었으나
뻘을 어머니처럼 사랑하던 영암댁
평생 끼고 산 외동딸이 떠난 뒤
먹지도 않고 자지도 않고 죽지도 않았다
뻘에 앉아 검은 물 끝만 바라보다
바다가 몰려와 혀를 내둘러도
망둥어 큰 눈만 만지고 있었다
그 모습도 보이지 않는 날이 많았다
어느 날 태풍이 몰아친 뒤
영암댁이 뻘에 잠든 것을 보았다는 소문이다
어머니 품인 양 뻘에 폭 안겨서
코를 골고 있었다고 했다
내가 뻘을 찾아 갔을 때는

아침부터 게들이 우루루 몰려나와
영암댁을 메고 간 뒤였다
그 후론 바다가 자주 성을 냈고
낮달이 몇 번인가 눈감고 지나간 뒤
빈 뻘밭엔 작은 별 발자국만 남았다

뻘밭의 여인이라 했다. 투박한 외모에 두꺼비 잔등 같은 손, 하회탈 닮은 겹주름진 얼굴, 무너져 내린 몸매. 해풍이 휘몰아치는 뻘밭에 내몰렸어도 운명이라 순응하며 세상 이치에 불만 없이 따르는 순박한 여인.
오직 삶에 충실하며 주어진 만큼 취하는 순수로 뻘이 삶의 전부인양 뻘에 기대 살아온 한 여인의 삶의 의미를 되새겨본다. 그냥 운명이라고 받아드리기엔 개념 없는 핑계가 아닐까?
남에게 기대지 않고 주어진 환경에 주어진 일에 최선을 다하고 떠난 뻘밭 여인이 남긴 자취가 어둔 밤 별빛으로 빛날 것이라 믿는다.
'괴로움이 남기고 간 것을 맛보라. 고난도 지나고 나면 감미롭다.'는 괴테의 말이 머리를 스친다. 너무 늦은 허사로 들리지만.

너는 누구냐?

세상 사람들이
목숨과도 바꿀 수 있다고 외치는 말
자유! 너는 누구냐?

허울만 보면
더도 덜도 없이 이상형이나
너는 허공에 뜬 달
언제 흩어질지 모르는 뭉게구름

너의 여신상이 든 횃불은
피와 눈물이 빚은 불꽃
프랑스 혁명에서 외친 너는
사막의 마른나무에 핀 꽃의 초상

너의 단비로 꽃은 얼마나 아름다웠으며
열매는 풍성했는가?

너를 부르는 것은
꿈속에 갇힌 사람들의 헛소리
손 뻗어 쉽게 잡을 수 있을 것 같은 착각

실체도 없고 누려보지도 못한
허상을 쫓아다니는 무지갯빛 희망
말 중 가장 무겁고
희망의 손으로 어깨나 두드려주는
이루어실 수 없는 영원한 허상

'사랑은 이 세상의 유일한 자유다.'라는 말을 바꿔보면 자유가 싹트고 커 가는 온상은 사랑이라 할 수 있다.

인류의 최선의 가치는 사랑이다. 그러므로 역사상 어느 시대 어느 나라든 사랑의 깃발을 들고 자유를 추구한다는 미명을 내 세우지 않은 적이 없다.

그러나 돌이켜 보면 이리의 굴속에 갇힌 비둘기를 얼마든지 볼 수 있고 21세기를 사는 오늘의 지구상에도 자유로 포장된 위선이 힘없는 국가, 인민을 억압하고 있음 또한 사실이다.

초강국이 누리는 자유가 피로 얼룩진, 지금도 피의 역사를 좇고 있는 현실에서 맨해튼 드높이 치켜든 자유의 횃불은 무엇을 말하는가?

진정한 자유의 의미를 되새겨 본다. 오직 강자만이 자유로울 수 있다는 현시顯示는 아닐까?

18세기 말 프랑스 대혁명 때 '롤랭부인'의 말이 생각난다.

「자유여! 네 이름으로 사람들은 얼마나 많은 죄를 범했던가?」

오월

뻐꾸기가 때 아닌 감기로
콜록대는 한낮
빨갛게 타는 장미울타리는
오로라의 춤인데
나는 무당 춤사위에
부전나비처럼 날개를 바짝 세우고
오감이 마비된 오월을 앓는다

오월이 지나가며 툭 던져준
따가운 햇살 한 줌과 싱싱한 바람 물결과
푸르게 포장된 마음의 선물로
향기 나는 하루가 간다

오월은
젊은 엄마의 따뜻한 눈길로
아기의 머리를 쓰다듬어 주는 푸른 손길이다

오월은 첫사랑의 설렘도 지나 꽃향기, 풀 향기가 어우러져 사랑의 씨가 자리 잡아 자라는 시기다. 산이나 계곡이 아니더라도 콘크리트 회색 도심의 길가에도 어디서나 향기가 난다.

햇볕도 바람도 넘치거나 덜함이 없이 몸과 마음을 편안하게 해 준다.

사랑을 하고 정으로 탑을 쌓고 가슴과 가슴이 열매를 키우고 무성해지는 모습으로 다가오는 오월.

꽃과 벌, 나비의 은밀한 밀어와 결실. 잎갈나무의 기지개.

해와 달도 빛을 나누며 모든 것을 껴안아 보듬는 오월을 맞으며 나는 더도 덜도 아닌 이 시간의 한복판에 서서 살맛나는 오월 속을 거닌다.

그때, 이후

그때는 태풍이 자주 왔다
고목이 내 품으로 쓸어졌다
까칠한 보리 수염도 내게서 익었다
강은 여울져 아우성치고
어디서 왔는지 모를 낯선 수런거림은
품어도 품에 드는 것이 없었다
보듬어 그리워 할 눈빛은 늘 싸늘했다
캄캄한 밤 내미는 손이 차가웠다
빈 들판에 칠새가 몇 번인가 다녀가고
우듬지로 선 나는 바람막이로 휘청거렸다
의식은 무의식의 동굴로 빨려 들어갔다

젖은 빨래처럼 축 늘어져
나를 세우지 못하고 방황할 때
멧새 떼 해당화 숲에 들더니
가시에 찔려 핏물 든 꽃 한 소쿠리 피워놓고
비상하는 모습을 보았다
강 건너 별빛의 의미를 처음 읽던 날이었다

겨울 나비가 마른재 속에서 나와
봄을 날았다
얼마나 먼 길 돌아 환생했는지
내 머리에 환각의 파편으로 꽂혔다
낯선 풍경이 꿈인 듯 다가오고
내 손에 들린 나이테가 입을 열기 시작했다
마음 밖 세상 문이 열렸다

늪인지 사막인지 길 없는 곳에 길을 내고
가쁜 숨결로 걸어온 길 돌아보니
열이레 달빛에 찔레꽃이 소복하고
떨어지는 꽃잎마다 달빛 부서지는 소리
내 이마를 짚어주는 뜨거운 손길이
모두 가난한 슬픔인줄만 알았는데
마른 슬픔 딛고 일어서는 꽃바람 소리가
뜨겁게 내 영혼을 두드리는 북소리였음을
그 후, 나는
허접한 삶의 장식 모두 떼어버리고

푸른 꿈을 한 줌 한 줌 모아
꿈의 집을 짓기 시작했다

태풍이 오더라도 지나간 뒤 맑은 별을 볼 수 있을 테니 좋다.
걷는 길이 평탄치 않아 흐려졌던 내 눈도 별처럼 빛날 수 있을 테니까.
인생이란 예측 불가능한 것이기에 어느 순간 상황이 어떻게 바뀔지 아
무도 모른다. 포장된 대로를 걷다 싱크홀에 빠지는 일도 있지 않은가.
그러나 그러한 극단적 우연은 차치하고라도 부딪치는 현실 속에서 의
식과 무의식의 혼돈으로 어려움을 겪기에 좌절도 경험할 것이다.
관념의 껍질을 깨고 보면 자신의 내면에 어떤 불덩이 같은 것이 고여
있다가 화산처럼 터져 나올 수 있을 것이다. 그런 내면의 불덩이가 현
실생활에서 각양각색으로 나타나게 된다. 결국 주어진 삶 자체를 어떤
시각으로 보고 설계할 것인가 문제다. 푸른 꿈 한 줌 한 줌 모아 꿈의
집을 짓는 것 또한 의지다.

장수말벌

갑옷투구에 창을 든 기사들의 경비가 삼엄하다
평화만 있는 이곳 내 집 정원을 무단 점거했다
숲은 숲대로 사람은 사람대로
살아가는 방식이 따로 인데 내 영역을 침범하다니

정원 한 켠에 무단 침입자의 커다란 성채
지구 닮은 아름다운 궁전이다
"가우디"*도 건축술을 이들에게서 배웠음이 틀림없다
시간을 중세에 붙잡아 놓고
기사들이 지키는 영지에 나는 들러리 풍경이 된다
머지않아 이들에게 정복당할지도 모르는

내 소유의 등기부는 통하지 않았다
위기를 느낀 나는 지원병을 부르고 선전포고를 했다
현대식 무기를 동원한 전면전으로

---

*안토니오 가우디 : 1852-1926.스페인 건축가 (20세기 최고 건축가로
불림)

화염방사기가 불을 뿜고 융단 폭격을 했다
적병들이 맥없이 땅에 뒹굴었고
포로들은 노봉방주용으로 직행했다

전쟁은 끝난 게 아니었다
내 집도 잠시 자연에서 빌려 쓰는 자리
원래 주인은 따로 있지 않은가?
수많은 전사자를 거두며 혼자 중얼거린다
승자 속에도 패사 속에노 나는 없고
풍경으로만 남는 '돈키호테' 같은 모습
이 차가운 공유의 역설에*
나의 바보 경전經典을 다시 펴든다

---

*함성호의 시 「아스가르드의 화석」에서 인용

상큼한 숲의 향기로 아침을 열던 우리 집에 어느 날부터 찬바람이 불기 시작했다. 섬뜩함에 소름이 돋는 말벌의 등장이다.

평화의 집에 서서히 대립과 갈등을 넘어 극한의 대치상태가 되었다.

내 영역을 무단 침입하여 점거한 폭거. 주인도 모르게 침입하여 철옹성을 쌓고 파수병을 배치하고 철통같이 지키고 있다. 나는 이 무뢰배들을 무력으로 퇴치하기로 했다.

작전을 개시하기 전에 잠시 망설였다. 그들의 성곽에 매료되어서다.

아름다운 궁전. 문득 '가우디'가 떠오른다.

허나 내 작전은 수행하지 않을 수가 없다. 한편 생각하니 실은 내가 사는 이곳도 저들의 영역이 아닌가. 불법침입은 내가 하지 않았나?

세상에 존재하는 것은 자연의 섭리에 의해서일게다. 아무리 미천한 생물이라도 그들도 삶을 누릴 자유가 있을 것이다. 대상을 나만의 이익과 편견으로 바라보는 것은 아닌지? 머지않아 그들의 정당성이 드러날 것만 같아 불안하다.

막새바람 불어 좋은 날

시베리아 북서 계절풍이 오면
나는 꽃처럼 웃는다
두 뺨 몸서리치게 시린 날
호수도 하늘도 말갛게 꽁꽁 언 날
나는 구멍 난 양말에 발가락 내밀고
발 동동 구르던 유년의 언덕에 올라
그 오래 된 시간을 가슴에 품는다

말간 오후가 허깨비 옷을 입고
햇살 몇 줄 끌고 다니는 막새바람
시린 하늘엔 기러기 떼 실금 긋고
어린 나무들 뼛속에 박히는 고드름
마른 풀잎이 고개 숙이면
막새바람에 마음집 한 채 짓고

까마득히 오른 방패연 쫓아 내달리면
하늘이 팽팽히 당겨지고
햇빛 서너 가닥 어깨에 걸치고

그날도 억새바람 불어 좋은 날이었는데
꽁꽁 손발 언 아이는 어디 갔나
요양병원 창가에 내려앉는 저녁어스름에
아무것도 아닌 듯 지워지는 그림자

눈보라가 몰아치더니 제풀에 지쳤는지 오수가 스멀스멀 밀려온다.
나는 시간을 멈춰놓고 까마득한 하얀 눈 위의 옛 시간 속을 거닌다.
짙은 눈안개 속으로 사라진 나의 유년. 크레파스로 그려놓은 오솔길에
는 무덤처럼 웅크린 찔레 덤불 속에 깃털 세운 멧새 한 마리가 안개꽃
속으로 서서히 사라지고. 하얗게 바래진 하늘, 요란한 앰블런스 소리에
실눈 한 번 떠보고. 그리움이 뭉게구름처럼 피어오르는 나만의 시간, 나
는 안락의자에 몸을 기댄 채 지그시 눈을 감고 하이디의 알프스 하얀
눈밭을 내닫는다.
내 눈에 그림자로 어른대는 영상 하나. 요양원 창을 두드리는 눈 바람
소리가 그리움이 찾아온 줄 알고 번쩍 눈뜨는 노인이 적막의 늪에 빠
진다.

덜어내기

그동안 주워 모은 알량한 지식 보따리와
내가 길러낸 잡초 같은 생각들이
언젠가부터 내 머릿속을 점령하고
내가 부리던 것들이
오히려 나를 길들이고 조종하려 드니

더 이상 견딜 수 없어
방 안의 책과 가구를 시작으로
내 안의 깃들을 하나씩 들어내기로 했나
언젠가는 내게 속한 모든 것들이
스스로 물러나 텅 비워질 테지만

좁은 방 틈 없이 메우던 책장 치우고
활개 펴고 눕는다
묵은 오디오세트 들어내고
바람이 지휘하는 합창 온몸으로 듣는다

"이(利)가 된다는 것은
없는 것(無)이 작용하는 까닭이다"라는
노자의 말씀을 얼핏 떠올리고
내 곁의 잡동사니들을 조금씩 떨어내고 보니
구름처럼 가볍다

비워야지, 버려야지 하며 살다 돌아보면 비워진 것은 없고 가득히 쌓이는 잡동사니들.
쓸데없는 쓰레기만 가득 담고 살다 또 버려야지 하고 마음을 다져본다.
오목눈이 빈 둥지에 담겨진 종소리처럼, 비움을 채우는 옹달샘처럼 비워야 채울 수 있다는 진리를 마음속에 새기면서도 실천하지 못하다가 우선 눈에 거스르는 물건부터 치우기로 했다. 문득 떠오르는 노자의 '이가 된다는 것은 없는 것이 작용하는 까닭이다'라는 말씀의 의미를 다시 새겨보며.
눈과 마음이 놓지 않는 집착의 고리부터 끊기로 했다. 그만해도 작은 평화가 온 듯 시원하다.

씨

세상 헛된 소리

무념無念의 벽 두르고

무상無常으로 껴안은 생명

희망이란 사리로 다진 마음

종교보다 깊은 믿음으로

초연히 눈을 뜨고 있네

조그만 몸뚱이에 우주를 담고 꿈꾸는 영혼.

입을 꼭 다물고 세상 헛된 소리에 귀 닫고 순수의 자리에 앉아 꿈을 꾼다.

오직 까만 눈을 뜨고 가끔 지나는 바람이 옆구리를 건어찰 때 내면의 빛으로 깊은 속마음을 조금씩 내놓고. 아직은 마른 껍질 속에 잔뜩 움추리고 세상 밖 꿈을 꾸며 시간의 주름 속에 있지만. 어둠 속에서도 세상을 바라보고 우주를 바라보고 맥을 이어 가는 섭리를 배우며 3차원을 넘어선 본질. 자신을 필요로 하는 이 시공에서 깨어나는 긍지를 갖는다.

비록 자신을 드러내 놓지 못했어도 언젠가 키워갈 삶을 위해 인내하는 한 알의 씨앗에서 우주의 깊은 섭리를 읽는다.

오목눈이 빈 둥지처럼

꽃이 피고 지고
세상이 돌고 돈다
그러나
가는 것은 가는 것, 오는 것은 오는 것이다
내게 주어진 시간과 공간도
내가 떠나고 나면
또 다른 내가
깊은 산 메아리처럼 돌아와
집을 짓고 노래 부르고 한 공간의 점이 되어
잠시의 생을 누리다가
금세 지워질 발자국 하나로
오던 길 되 돌아갈 것이다

세상 살다보니
'어느새'라는
시간의 끈에 매달려 허덕이다
스러지는 저녁놀처럼 사라질 테고
모두 빠른 걸음으로 지나간 자리

기억하고 싶은 것, 잊고 싶은 것
기쁨과 슬픔도 반 반쯤 나누다가
내 눈물도 꽃이 피기 때문이라고
억지도 쓰며
굳이 삶의 의미를 찾으려고
나는 오늘의 시간을 서성인다

내게 잠시 세상을 열어준 길은
언제부턴가 나를 옭고
나의 삶, 나의 세상은 아무것도 아닌
내 가슴엔 공허가 쌓이더니
쭉정이만 남는다
오목눈이 빈 둥지처럼

돌고 돌아가는 세상에 한 뼘도 안 되는 공간을 차지하고 잠시 머물다 가는 존재.

아무것도 모르면서 인생이 어떠하니 우주가 어떨 것이라느니 주절대다가 본질의 변죽도 못 울려보고 떠나야하는 것이라면 먼산바라기나 되지.

오랫동안 내게서 떠나지 않은 화두. 관계에 관한 것이다.

나와 너, 나와 우리들, 사회나 국가와 나, 수많은 갈등의 주체들이다.

오목눈이가 뻐꾸기 새끼를 제 새끼인 줄 모르고 길렀을까?

오목눈이와 뻐꾸기의 생태적 관계에서 무엇인가 우주적 함의를 시사하는 바가 있지 않은가?

우리에게 사람과 사람, 사람과 타 생물체의 관계에 관한 일면을 오목눈이 빈 둥지가 보여주는 것 같다.

가을을 타다

창을 두드리는 소리에
깜짝 놀라 고개를 돌리면
달빛 따라온 그림자
'훈'인가 싶은, 그가 부는 휘파람 같은

가을을 타는 마음엔
흐린 창 안개꽃 같은 그림자가 자주 들르고
잊혀지는 이름이 입가를 맴돈다

무서리에 목이 탄 들국화의 쓸쓸함도
달빛 베고 누워 홀로 우는 귀뚜라미도
주인 기다리는 뉘 집 개 짖는 소리도
섶다리 건너다 스친 낯선 여인의 기억도
모두 빛바랜 일력日曆의 조각이지만

갈바람에 지천으로 밀려드는 시린 마음
사소하면 어떤가
유치하면 어떤가

휑한 마음을 채워주는 것을

가을은 또 저물며 생명의 씨 한 아름 품는데
나는 아무것도 품지 못하고
가을 속을 걷는다
그래도
가을엔 옹골차게 영그는 마음이 있다

창밖 나뭇잎 하나 떨어지는 모습을 보며 생각이 두레박질을 한다. 그리
움을 퍼 올린다.
잎은 잔바람에도 파르르 떨며 떨어지는데 나무는 아무 일 없는 듯 무덤
덤하다. 초연한 모습이다.
가을을 떠올리기만 해도 풍성하고 빈 마음을 가득 채우는 느낌이다.
생을 마감하는 한해살이 풀부터 동, 식물 할 것 없이 나이테 하나씩 만
들고 새로움을 위해 준비하는 계절이 주는 느낌이 묵직하다.
높고 맑은 하늘은 텅 비워 논 내 마음같이 공허하다. 쓸쓸하다. 나 혼자
삭여야 하는 환상통이다.
사소함이 회상의 대상이 되어 가슴을 후비는 유치한 범부가 된다.
그래도 가을은 더 없이 소중하니 부실한 열매라도 한 줌 쥐고 싶다.

대청호에 뜨는 달

제2부

중앙공원의 묵화墨畵

낙엽 한 잎 먼저 와 자리 잡은
중앙공원 긴 의자에
고슴도치처럼 웅크리고 있는 노인
허공을 향한 눈길이 아득하다
털끝에 바람소리만 스쳐도
주둥이 벌리는 제비새끼의 허기 같은
내일의 창을 열어도 어둠속 미로
자꾸 내일을 지우고 싶은 거다
왁자한 비명 같은 소음 속에
소외감보다 아픈 침묵의 시간이 흐르고
초점 잃은 눈이 정오의 해를 기다리다
퉁퉁 불은 국수 한 그릇
후루룩 마셔버린 하루가 소태로 씹힌다
발끝에 차이는 낙엽 따라
날아간 새 쫓던 눈길 거두고
압각수 아래 길게 눕는 노인을
지나던 바람이 일으켜 세운다

'오래오래 사세요'

덕담이 귀에 가시로 박힌다

'밤 새워 울어본 기억이 없는 사람과는 인생을 말하지 말라'는 괴테의
처절한 생의 교훈이 너무 아파 밤비는 새벽까지 내렸나보다.
짧은 그림자 위로 낙엽이 한 둘 떨어져 방향도 없이 굴러가고. 처지 눈
꺼풀 사이로 들여다보는 햇살만 팔팔하다.

공원 의자에 힘없이 기대앉아 묵상하는 듯한 노인을 바라본다.
듬성한 머리칼 사이로 보이는 연륜이 짙게 배어있다.
고랑 진 이마와 기형으로 매듭진 손마디가 지나온 세월이 어떠했는지
대변하고 있는 듯. 그런데 얼굴 표정은 이른 봄날 영산홍 꽃이다.
지그시 감은 눈가에 이는 달관한 듯 인상은 봄볕에 졸고 있는 고양이
같다.

나를 스쳐 지나간 수많은 날들이 영상으로 스쳐지나간다.
저 노인의 주름 속에는 내가 겪은 일보다 더 많은 사연들이 입을 다물
고 있을 것만 같다. 산다는 게 무언지? 장수의 의미를 묵화로 보는 것
같다.

인터뷰를 기다리며

– 누란의 미라

이야기가 너무 깊어
침묵으로 듣는다
한 영혼이 모래 속에 갇혀 있던 곳
누란의 천년 마른 나무 등걸에서
깊이 갈아 앉은 물길을 찾다가
마르는 피로 무언가 말하고 싶었을
몸속 깊숙이 지녔다 끝내 꺼내지 못했을
한 줄기 빛의 언어를 찾는다
어둠을 따라 가다보면
옛날의 한 여인이 내게 다가와
넌지시 한 말씀 건네지 않을까?
흔적이 영혼으로 다가올 것만 같아
이야기가 이야기로 흐르는 강이 되어
자꾸 내 속에서 굽이친다
셔면의 오주령이 주술을 걸면
종착역 없는 기차가 과거의 간이역에서
잠시 멈출지 모른다는 기대에
나는 깃발 든 역장이 되어 망연히 서 있다

하얀 비단 옷 두르고 바람을 부르는 미녀가

넌짓 한 말씀 들려줄 것만 같아

그럴 것만 같아서

황량하다. 모래바람의 손님맞이 행사가 너무 지독하다.
이런 곳에 왜 왔나. 잠시 스치는 생각을 다잡는다.
눈앞에 몇 천 년 편안히 잠자며 미소 짓는 미인을 찾아 온 길이다.
젊은 여자라 하는데 그녀는 어떤 인물이었을까?
자코메티의 '걸어가는 사람'이 연상된다.
몸에 달라붙은 욕망 같은 군더더기 다 떼어내고 사람의 형체로만 남겨
논 '걸어가는 사람' 같은 고대 여인의 모습을 보며 숙연해 진다.
왜 이 여인은 아직까지 갈 곳 찾아가지 못하고 있을까? 궁금하다.
혹여 그 이유를 내게 귀띔이라도 해 줄 말이 있는 건 아닐까?
발길이 쉽게 돌아서지 않는다. 사마르칸트의 밤은 말없는 말로 온통 아
우성인 밀어의 늪에 빠져 있다.

우항리*에서 환생하는 공룡

그들은 그렇게 왔다 그렇게 갔다
너무 커버린 체구
가당찮게 지구를 휘두른게
원죄라도 되었던가
우항리 거기, 눈 뜨는 새벽의 여명으로
삭은 뼈를 일으켜 환생한 모습으로

누가 부르는 듯 공룡들이 걸어온다
인감도장 꾹 눌러 찍어 자신을 확인하듯
움푹 파 놓은 발자국의 무게에
내가 잠시 멈춰선 순간
공룡들이 표연히 바다 속으로 들어간다

땅이 없는 육지와
물이 없는 바다의 시간이 제자리를 맴 돈다

---

* 전남 해남 우항리―공룡 발자국으로 확인(백악기). 천연기념물 제394
호.

까맣게 돌이 된 속살에서 다시 일어서는 등뼈
타르보 사우루스*가 이빨을 드러내고
우항리 엔시스*가 날개를 편다
입 없이 먹고
귀 없이 세상일 다 들을 수 있는
공룡들의 세상
땅에서 공중에서 공룡의 변신이 시작된다

나는 우항리에 와서
시간을 잊은 채 공룡의 나들이를 바라보며
뜨거운 그들의 심장을 더듬다
어느 종교의 환생과 부활을 짚어보다가
궁금하다, 나는 무엇이던가
나도 전생이 공룡이 아니었을까

---

* 타르보 사우루스 : 육식공룡(백악기)
* 우항리 엔시스 : 익룡(백악기)

파도가 물비늘을 세우며 다가온다.
이미지의 파편들이 수수만 년 시간을 조각으로 분해하고 재조립한다.
시간은 나를 이끌고 중생대 백악기로 간다.
맘모스의 세계. 인간의 존재는 보이지 않고 공룡들의 제국이다.
공룡의 발자국 위에 서서 발자국 파편의 쪼개진 이미지를 조립하기 시작한다.
직조된 이미지는 원초적 형상을 실제로 재현하고 의미를 부여한다.
거대한 공룡의 머리를 쓰다듬으며 공룡의 환생을 본다.
수십만 년 전 살다 간 발자국에서 공룡들이 다시 살아나 바닷가를 걷는데 잠시의 삶에 연연하다 떠날 어리석은 그림자 하나 바닷바람을 맞고 있다.

저 고인돌은 왜 가벼운가?

풀숲에 향불이 켜지고
시간의 그을음 잔뜩 낀 고인돌 한 채
허공 한 자락 깔고 앉아 만다라*의 꿈을 꾼다

녹슨 청동검이 한 영혼을 쥐고
바람 맞으며 눈감은 곳에서
나는 잠시 샤먼shaman이 된다
바람을 부르고
구름을 부르고
나비가 검은 영혼 속으로 들어가자
노인 한 분이 나온다

목에 건 싱싱한 고래이빨과 청동검
허공을 가르는 쩡쩡한 목 울림에
질펀한 들판이 노인 앞에 엎드린다

---

*만다라 : 모든 덕을 고루 갖춘 경지를 이르는 말

노인의 검이 바람을 가르자
숲이 웅성대고 사슴이 겅둥거린다
내 눈 깜빡하는 사이
밤과 낮이 수없이 달려간다

풍경은 수시로 낯설어지고
노인이 든 칼이 나비가 되어 날아가자
새털보다 가벼워진 노인이
인과因果의 허물을 벗는다
불온의 뿌리를 끊고 꿈을 꾼다
만다라의 꿈을 꾼다

시간의 여울에 입적한
오천 년이 가벼워진다

나는 인류 역사의 흔적을 미주힐 때마다 가슴이 뛴다.

말로 표현하기 어려운 희열을 느낀다.

시간이란 절대의 힘에 닿고 깎인 자연의 형상도 신비롭지만 인간의 힘으로 만들어 논 문화유산에 더 깊은 애정을 가진다.

문화유산에는 역사의 주역인 사람들의 지혜와 피, 땀이 배어있고 그 시대정신이 들어있기 때문이다. 현재의 시점에서 과거의 모습을 유추해 낼 수 있고 과거의 사람들과 동화될 수 있음은 얼마나 신비롭고 가슴 벅찬 일인가.

하나의 자연물에 덧댐이 전혀 없는 고인돌 앞에서 부족장을 불러내고 그의 위엄과 지혜와 용기, 가장 중요했을 부족원의 안위와 풍요로운 삶을 위한 노력의 일면을 볼 수 있음 역시 흥미의 대상이다.

청동검의 위력, 그것은 권력의 상징이고 수십 톤 무게의 바윗돌을 자신의 머리위에 올릴 수 있는 권력이었으니. 고인돌을 이고 있는 부족장이 '나는 만다라의 꿈속에서 영원을 살고 있다.'고 외치는 듯하다.

노인은 박물관이다*

공원 벤치에
한세상을 껴안은 적막한 채 앉아있다
인생 박물관이다

박물관엔 꿈처럼 지나간 날이 무지개로 뜬다

아물아물 아이가 파란 풍선을 들고 뛰어오고
비둘기들이 부지런히 땅을 쪼고 있는 동안
쑥쑥 커버린 아이가 넥타이를 매고
빌딩 숲으로 출근을 한다

한땐 고개든 빌딩이 줄을 서고
벽화처럼 그려진
생의 일력日歷이 화려했는데
폐허된 유적처럼 눈을 감기 시작한다

────────────

*아프리카 속담

마침내 허리 굽은 노인이 막차를 놓치고
적막의 집에 들어 생의 굳은 마디를 고른다
한 생을 끌고 온 인연의 모습을 보여주려 하나
나미비아 사막의 와디처럼
끝내 침묵의 강으로 스며 흔적이 된다

영지에 드리운 무영탑 같은
타클라마칸 사막의 모래 속
하얀 뼈로 남은 영혼의 집 같은
노인은 적막 속에 한 생을 담은 박물관이다

나이 들면 누구나 박물관 한 채 짓고 유물을 보관하기 시작한다.
그 삶이 성공이든 실패든 관계없이 한 인간으로 태어나 고해라는 삶의
바다를 헤치며 일생을 살아온 것은 모두 의미가 있기 때문이다.

박물관 한 채 한적한 공원 한 켠 벤치에 놓여있다.
팔팔한 젊은이들의 밝은 웃음 속에 잠시 노인의 젊은 날이 포개지다 안
개처럼 걷힌다. 영혼의 집 같은 껍데기 속에 지나온 세월, 영욕의 삶이
차곡차곡 쌓이며 하루해가 지나간다.
벤치에 앉아 잠시 졸며 무념에 들려하는데 지나온 삶의 역정은 일력으
로 차곡차곡 묵은 짐처럼 쌓여 잊히지 않으려 유물로 남는다.
노인의 삶 속에 녹아 있는 철학과 실사구시의 현실적 삶의 경험이 박물
관에 보관되어 미래의 바로메타가 될 것이다.

잠자는 별과 조우

– 가야 고분 발굴 현장에서

나는 아주 먼 시간 속 당신을 보고 있습니다
당신이 나와 닮은 모습으로 이 땅에 태어나
포동포동하던 몸짓이며
살가운 미소로 세상 살던 모습을 봅니다
한세상을 건너 뼈 한 조각으로
하나의 푸른 별로 잠든 당신
당신이 이 세상에 놓고 간 삶이
흙속에 잠들어 물소리로 흐르다가
어느 곳에 이르러 다시 잠을 깨
풀씨 하나 싹 틔우는
심장의 맥을 짚어보고 있습니다
한때는 입으로 세상을 말하고
지금은 삭은 뼈 하나로
한 줌 흙으로 말하고 있는
그 영혼의 깊이에 귀 기울이고 있습니다
낮달도 지그시 내려다보는 오후
한세상 잘 다녀갔노라고

꼭 감고 있는 당신의 눈을

우리와 너무 닮은 당신의 마음을

더듬어 읽고 있습니다

타임머신을 타고 천오백 년 전 가야인을 만난다.

말없이 누워있는 폐허로 무너져 내린 한 인간의 모습을 보며 누구랄 것
도 없이 우리 모두의 모습이라는 생각에 상상의 날개를 편다.

그가 무덤에서 일어나 내게 무슨 말인가 하는가 싶은데 나는 그의 말을
한마디도 붙잡지 못하고 헤맨다. 바로 침묵이 장막을 친다. 침묵의 파편
이 된 말을 주워 문장으로 만들려하나 말 속 무의미가 또 방해를 한다.

하는 수 없이 천오백 년 시간 여행을 다시 떠난다. 다시 만난 가야 사람.
시간을 깔고 앉아 외면한다. '네가 내 삶의 진실을 알면 어쩔건데? 뒤
돌아볼 시간에 앞이나 똑바로 보며 살거라.' 주제넘다 일갈하시는 말씀.

읽히지 않는 고서古書 앞에서

먼 옛날 이어도 이야기가
남태평양, 인도양 이야기가
파도에 실려와
한 자 한 자 석벽에 새겨져
서가書架에 가득 꽂힌 사서史書들
나는 채석강 자연사 도서관에 와서
수억 년 돌 속에 박힌 이야기 한 줄 읽으려고
동안거에 든 수도승처럼 고행하는데
단단한 돌 심장에 박힌 이야기를
내놓지 않는다
사소한 이야기 다 버리고
오직 올곧은 진실만을 기록한 역사 앞에
머리가 숙여진다
진실과 허구가 다반사로 바뀌는
인간사人間史 오류의 그물에 걸려
역사를 다시 쓰는데 길든 내가
어찌 진실을 쉽게 읽을 수 있겠는가
채석강 사서는 다시 쓸 일이 없으니

문자는 사람들이 만든 사람들만의 소통수단이다. 사람이 이 세상에 생겨나 살아온 역사를 기록한 것이 사서다. 자연은 어떨까? 자연은 자연대로 세상이 만들어지고 변해온 사실을 남기려 하지 않았을까?

채석강을 바라보며 고서 도서관을 떠올린다. 층층으로 책꽂이를 만들어 정리해 논 자연사自然史 도서관. 시간을 잊은 지 오랜 채석강 서가에는 모든 것이 살아 움직인 자취가 뚜렷이 새겨있다. 이어도 전설을 새기고 격포를 드나든 많은 사람들의 희로애락이 가득 기록되어 있을 것 같다. 인간의 속된 꿈은 파도에 실려 거품으로 사라졌어도 인간과 자연의 치열한 삶의 열정과 애환은 채석강에 그대로 새겨져 있을 것 같다. 자연사 고서를 바로 읽는 날이 올 것인지?

돌 속의 잠

반구대 암각화를 바라보면
돌 속에서 바다가 출렁이고
깊은 산이 서성이다 잠든다

돌 속에서
사슴이 겅둥거리고
고래 등에서 숨 꽃이 피고
바람이 일고, 물굽이 치고, 어둠에 들어
모두 깊은 잠이다

산다는 것은 잠을 준비하는 것
잠시 쉼터에 앉아보는 것

잠 속엔 땅과 바다와 하늘이 하나 되어
꽃도, 나비도, 사슴도, 고래도 하나 되어
삶도 죽음도 하나로 영원이다

마른 햇살에

돌 속에서 잠깬 고래 한 마리

푸른 하늘로 천천히 걸어간다

내가 돌 속에 있는지

돌이 내 속에 들어와 있는지

잠의 무덤을 헤치고 피어난

연꽃 한 송이 들고 노닐다 눈을 뜨니

반구대 찬바람이 이마를 때린다

우리는 잠시 잠에서 깨어났다가 다시 잠 속으로 들어가는 것이 아닐까?
반구대 암각화를 바라보며 잠든 돌 속 세상을 생각한다.
그곳이 이상향인 것 같다.
먹이 찾아 아귀다툼해야 하고, 죽이고 살아남아야 하는 비극은 없으니까.
모두가 자유롭고 평화로운 세상. 욕망 따윈 존재하지 않는다.
생긴 대로 주어진 대로, 삶도 죽음도 없으니 그 곳은 분명 이상세계임
에 틀림없다.
돌 속 그곳은 극락도 천당도 모두를 뛰어넘은 피안. 나도 돌 속에 들어
그들과 동화될 수 있다면?
허튼 꿈꾸며 암각화를 바라보다 연꽃 같은 미소를 넌지시 보여주는 평
화의 잠을 마음에 깊이 새기며 돌아섰다.

폼페이에서

무지갯빛 욕망에 빠진 로마제국의 영화가
하늘의 뜻이라고
피의 포도주로 날이 샜다는 폼페이
베수비오 산이 시샘했을까
하늘이 내린 불의 포화 맞아
죽어서도 죽지 못한 천형의 도시
폼페이의 저주로
침묵에 갇힌 지 이천 여년
결코 영원할 수 있는 세상에서
가슴 꽝꽝 치는 부르짖음 있어 들여다본 속은
뼈만 남은 건축물과
화석이 된 사람들의 아우성
단단한 침묵의 껍질을 벗겨 내려하나
회색의 폐허엔 혼魂불만 잠자고 있다
뜻 모를 이야기가 널려 있을 뿐
비명인지 울음인지 쉼 없이 들려오는 소리
세월에도 녹슬지 않는 아우성만 가득하고

아직도 모진 욕망 남았는가
잿빛 하늘이 내려앉는다

지중해 지역을 석권한 로마인들이 하도 방자하고 타락한 모습에 베수
비오 산이 노하여 폼페이에 천형을 내렸다는데….
베수비오 산을 가까이서 바라보며 폼페이로 가는 길에 많은 상념에 사
로잡혔다.
저주받은 도시는 폐허로 남아 말이 없고 빛바랜 회색 하늘이 또 내려앉
을 듯 아슬아슬하다. 햇살이 내리꽂히는 여름 한낮 폼페이 좁은 골목을
돌아 옛날을 걷는다. 천형의 그림자를 밟는다. 아직도 유황냄새 밴 돌계
단을 밟노라면 살 떨리는 울림.
처참하게 무너져 내린 흔적을 보고 울 수도 웃을 수도 없어 명치끝 아
픔이 차오른다.
웅장함보다는 섬세하고 아기자기한 정서가 밴 이 천년의 침묵을 깬 도
시는 벌거벗고 앉아 무엇인가 전하려는 듯 한 몸짓이다. 바람이 불고
재가 되어서도 로마의 저주를 떨치지 못한 로마 소녀의 눈물 마른 화석
에서 역사를 읽는다.

옛 시간의 발자국

산모롱이 주저앉아
강물이 굽이치다 멈칫한 강변을 찾아갔는데
기억의 발자국이 자꾸 흔들린다
찔레 꺾어 먹고 강둑을 휘달리던
벌거벗은 어깨위로 햇살이 저물고
날마다 만나는 뻔한 인연의 시간도 멀어져
잔잔한 물결로 밀려오는 헷갈리는 기억
산위에 뜬 구름떼 따라
흘러 흩리가는 시간의 뒤꼍
내가 벗하던 이름도 가뭇한 녀석들
새알 줍고 삘기 뽑던 봄날 때문에
뱀딸기, 멍석딸기에 살쐐기 돋던 여름 때문에
머루 다래 물큰, 시큼한 가을 때문에
하얗게 센 머리가 굽은 허리가
길 더뎌 찾아온 곳
나 여기 강둑에 앉아
붉어진 노을을 바라보다 나도 붉어지는데

너무 멀리 돌아온 길 아련하여

꿈같은 기억의 조각들이 낯설기만 하다

가슴에 향기를 품고 바라볼 대상이 있다는 것은 행복이다.

코끝이 시큰해지는 그리움. 강물의 끝자락에 서서 멀고 먼 강물의 시원을 거슬러 오르며 마음속에 새겨둔 풍경들이 하나 둘 안개비처럼 눈에 어른거린다.

우리들 마음속에 오래 자리하는 기억은 기쁨의 순간이기도 하나 더 많게는 쓸쓸했던 시린 기억과 가슴 메어오는 슬픔을 간직한 풍경 일게다.

특히 어릴 적 기억은 사건의 비중이나 크기에 비례하지 않고 아무리 사소한 사연이라도 혼자만의 추억, 혼자만의 고독과 함께 나이 들어가며 더 매달린다.

어린 날 마주하던 풍경, 삘기 뽑고 새알 주우려 내달리던 강변 모래벌. 옛 그림자만 남은 강둑에 앉아 저녁노을을 바라본다. 낯선 기억이 돼 버린 곳에서.

겸재*의 총석정

겸재의 총석정 앞에서
아테네의 아크로폴리스 신전을 본다

무너진 성지를 떠나 신들이 망명을 한다
아테네 시민이 창조한 신의 성좌聖座
깎고 다듬어 영원을 노래한다더니
대책 없이 밀려드는 폭풍에 휘둘리는 아테네
돌기둥이 허공을 베고 누운 신전 앞에서
깨진 돌 속에 숨이 망명하는 신들을 본다
제 모습 들킬까 가면을 쓰고
사람이 두려워 돌 속에 숨은 아테네 신들
푸른 역사歷史의 끈을 쥐고
망명길을 간다
모래의 숲을 헤치고
바다의 사막을 건너는 행렬

---

* 겸재 : 정선, 18c 진경산수화의 대표적 화가

78

타골의 '동방의 등불'이 밝게 빛나는
신비가 영원 위에 우뚝 선
겸재 정선의 그림 속 총석정
주상절리 돌기둥을 열고
망명한 신들이 돌 속에 몸을 잠근다
아직은 바다가 석주石柱를 다듬고
신전의 완성이 언제일지 모르나
바다가 쉼 없이 희망을 세우는 자리
그곳에 신들의 안식이 있다

자연 속에서 모든 것은 살아 움직이고 자유로운데. 우리들은 자신을 스스로 구속하며 자유를 외친다. 심지어는 다른 자연물이나 현상까지도 인간들이 지닌 알량한 지식과 의식의 잣대를 대고 멋대로 해석하는 우를 범한다.

오늘은 낡은 관념의 때를 벗고 맑은 눈으로 겸재 정선의 그림 '총석정' 앞에 선다. 자연의 솜씨로 갈고 닦은 석주를 다시 다듬어 놓은 신비. 아테네 신전의 석주보다 더 아름답다.

그 위대한 신의 궁전이라던 아크로폴리스의 신전은 폐허가 되고 신들은 어디로 갔을까? 무너진 석주가 무상을 말한다.

폐허가 되어 역사의 뒤꼍으로 몸을 감춘 그리스의 신들이지만 아직도 신들의 이상과 권위는 남았으니 혼돈의 그리스에서 망명을 결심해야 했을 것이다. 신전 석주가 준비된 총석정에서 신전을 짓고 영생을 꿈꾸는지 모르겠다. 명상이 허상이라도 그것도 잠시나마 내게는 의미 있는 시간이다.

가뭄

저 활활 타는 들판의 경련!

거북등무늬 진 저수지에
하늘 향해 뻐금거리던 붕어가
허공으로 날아간 뒤
검은 저수지는 눈을 감았다

별빛이 초롱할수록
풀잎을 쓰다듬던 이슬도
마른 몸으로 울음을 터뜨렸다

어느 지상의 탐욕이 불길로 타고 있는
누가 저 침묵의 하늘을 깨울 것인가

올 여름 가뭄은 유례없이 심했다. 기후변화가 심각한 수준이란 목소리는 오래전이었지만. 수시로 들려오는 지구 곳곳의 자연재해로 인한 피해규모가 점점 커지더니 우리나라도 예외 없이 국지성 폭우, 아니면 가뭄으로 타들어간다.

지구가 큰 병이 난 게 틀림없다.

인간의 끝없는 욕망으로 지구가 자정능력을 잃은 것 같다.

지구의 품에서 살아가는 생명들은 지구의 변화에 민감할 수밖에 없다.

가뭄, 폭우, 지진, 화산폭발 등 자연재해는 인간의 능력으로는 어찌할 수 없는 한계가 있기에 두려움을 갖게 된다.

이 같은 자연재해도 그 대부분은 문명의 이기만을 추구해온 분수를 모르는 욕망이 빚은 재앙이라 여겨진다. 올여름 우리가 겪은 가뭄도 어느 탐욕의 불길이 타고 있는 건 아닌지?

당당한 가을

정년퇴직하고 연금 받으니
용돈 안 받겠다고 하시는 아버지처럼
잣송이 타고 앉은 청솔모에게
너무 욕심 말거라 훈계하는 잣나무처럼
가을은 당당하다

하늘은 마음 활짝 열어놓고
맑은 눈 깊어지라 하고
조용히 그림자 땅에 뉘는 낙엽도
갈 곳 찾느라 두리번거리지 않고
바람의 손잡고 당당히 제 갈길 찾아가고

세상살이가 모두 돌고 돌아
어울려 살다보면 정이란 무거운 짐 지고
만남과 헤어짐이 하나 되고
슬픔과 기쁨도 하나로 고이니
사고四苦를 부처의 마음으로 안아볼까

낙엽이 바람 따라 길을 나선다

마른 풀잎이 숨 가쁘게 손을 흔든다

계절이 모두 부산한데

햇빛만 느긋하게 비껴있다

기운 해에 기대면서도 가을은 당당하다

가을은 많은 생명체들이 자존감을 세우는 계절이다.
내실을 다져 한 생을 완성하고 다음 세대에 물려준다.
가을은 겨울부터 준비된 고단한 삶에 따라붙는 많은 고난을 이겨내고
누구에게나, 무엇에나 당당한 모습이다. 모두가 자존을 세워 주어진 삶
에 충실했으니, 우리의 삶도 이와 같았으면 좋겠다.
노년이 되고 생을 마감할 때도 자식들, 누구에게도 기대지 않고 당당했
으면 하는 바람. 또 한 계절을 보내며 덧없이 세월을 두드려 재촉하는
소리에 귀가 젖는다.

병원 대기실에서

삶이
기우뚱 기운 사람들을 본다
병이란 이름에 친숙한 사람들
언 듯 보면 무심인데
다시 보면 초조하고 두려운 표정으로
무거움이 심연으로 가라앉는 병원 대기실

전광판 호출에
시선들이 모였다 흩어지고
늙은 어머니 어깨에 기댄
눈 사위 검은 젊은 여자의 잦아드는 목 울림에서
절망이 언듯 스친다

앞만 망연히 바라보는 아내 곁에서
내 마음도 마른갈대로 버석인다
지난 밤 아내의 신음이 자꾸 머리를 친다
할 수 있는 일은 그냥 손이나 잡아주는 것
진료실 문이 열리고

천근 침묵 속에 천둥치는 주치의 말
이어, 난해한 고요

정밀검사를 받는 동안 극도의 불안에
빈손으로 종이학을 접는다
종이학이 천마天馬처럼 허공을 달리고
간절함이 연등을 달고 합장을 한다
영원히 함께할 것 같은 아픔과 손을 잡는다
꽃이 핀 것은 지기 위함인 것을
8월의 태양이 차갑던 날이다

잠들 수 없던 지난밤의 어둠이 어둠을 먹는 소리
한 생이 불붙어 타들어가는 듯 한 불안.
내가 아닌, 내가 겪는 고통, 알 수 없이 찾아온 어둠이 창을 들고 마구
내 몸을 찌르고 있다. 내 환한 낮 시간을 붙잡으려 안간힘을 쓰지만 시
간은 제 맘대로 흘러가면서 내게 틈을 주지 않는다. 시간에 맡길 수밖
에 없다. 병원에서 기다림, 의사 앞에서 초조함, 기다리고 기다림. 또 기
다림——. 판단은 시간이 쥐고 있었다.

겨울비

겨울비가 섬뜩하게 가슴에 박힌다
마르지 않은 상처에 가시로 꽂힌다

소총소리, 대포소리, 산이 무너지는 소리
굉음이 지축을 무너뜨릴 때
총탄에 가슴 뚫린 아버지
핏물로 겨울을 꽁꽁 얼궜는데

매년 아버지 기다리는 날
오늘은 겨울비 내리고
빗소리에서 총소리 듣네
비 울음 속에 아버지 홀연히 다녀가시네
울음이 울음을 포개는 겨울비 오는 밤

세월 가도 잊히지 않는
겨울비에 가슴 뚫린 기억
피 묻은 옷으로 매년 잠깐 다녀가시는
아버지, 나의 아버지!

사람마다 가슴에 철조망을 치고 있었다.

심장이 가시에 찔려 피가 흐르는데도 철조망은 걷히지 않았다. 우리 민중들은 이데올로기가 뭔지도 잘 모르는데, 자유와 평화면 되는데——. 그 잘난 지도자라는 사람들 덕에 우리 서민들만 납덩이 삼키고 앉아 찢긴 상처에 소금 뿌리고, 통곡의 강물에 떠가는 꽃잎이 된다. 안개 속을 눈물로 걸어가는 꽃이 있다.

내게 겨울비는 잔인하다. 차가움에 섬뜩한 떨림 때문이 아니라 가슴에 콕콕 박히는 고통이 삭지 않는다. 세월은 덧없이 흘러가는데, 이쯤이면 잊힐 법도 한데 망령처럼 되살아나는 겨울비 오는 날의 기억. 더구나 오늘처럼 오래된 눈물처럼 추적추적 겨울비 내리면 그날의 아버지 모습이 되살아난다. 지워지지 않는 참담한 기억.

누구를 위한 전쟁이며 누구를 위한 죽음이던가? 이 처절한 슬픔은? 70년 세월에도 끝나지 않고 슬픔이 흐르지 못한 채 머물고 있으니. 찔린 가슴 어찌해야 하나.

속초의 아침

바다가 퍼덕인다
물고기들이 퍼덕인다
펄떡 뛰는 놈에, 엉금엉금 기는 놈에
돌부처인양 꼼짝 않고 묵상하는 놈도 있다

주인 행세하는 사람 따라
고기들은 새로운 길로 흘러간다

횟집에 들러 회 한 점 입에 넣다
울컥 바닷새 울음을 삼킨다
새의 울음이 아니라 살 저민 물고기 울음이다

드넓은 바다에 한 점으로 떠
짧은 시간을 긴 기억으로 지느러미를 흔들었을
팔팔하던 삶이 아니던가

바다를 업고 사는 어부는 생의 무게에 눌려
물고기들 아우성에 귀 막고

체크카드 불리기에 오감이 고추선
소금끼 밴 서늘한 몸짓에 큰 숨 내쉬고

물고기의 감지 못한 눈빛의 의미가
자꾸 내 삶의 모서리만 같아
나는 내살 뜯어갈 그 무엇에
경건한 경의를 표한다

싱싱한 속초의 아침에

넓디넓은 바다에서 자유를 누리며 유영하던 삶이었겠지.

사랑을 하고, 이별도 하고, 깊은 바다 속에서 또는 거친 파도를 타며 방황도 했을 기억들이 모두 한 자리에 모여 돌아설 수 없는 터를 추억하고 있다.

얼마나 찬란한 몸짓이었을까? 얼마나 소중한 생명이었을까?

운명이란 사슬에 얽혀 무릎 꿇고 상한 비늘 낙엽처럼 떨구며 내던져진 모독.

한 생을 뛰어넘어 차원이 다른 세계로의 편입을 우리는 아무렇지도 않게 받아들인다. 사소함이라 치부하면서. 그러나 우리에게도 언젠가는 같은 운명의 사슬이 옭아올 것. 힘차게 바다를 가르던 물고기가 어느 집 저녁상 반찬으로 올라 한 점 한 점 몸을 떨어내도 마침내 그들이 되돌아갈 길이 따로 있음을 믿기에 서럽지 않다.

흐르는 속으로 무너져 버린, 의미 없이 사라짐이 아닌 새로움의 시작이란 것을 알기에 수산시장 좌판에 누워 있는 갈치 한 마리, 꽁치 한 마리도 그 생이 서럽지 않은 것이다.

흐르는 길 따라

제3부

가을에

구룡산을 오르는데
툭 – – –
누가 내 어깨를 친다
뒤 돌아보니
탱글탱글한 도토리 하나 또르르
찬란한 한 생이 굴러간다

벌써 가을이 익었나?

도토리를 주워들고 보니
생과 생이 경계를 넘어 몸 바꾸는
어둠 속 눈이 초롱초롱하다

툭, 떨어진 도토리가
제 갈길 내게 묻는 것 같아
자리 골라 심어 주었다

이슬이 잘 익은 열매를 씻기고 맑은 수의水衣를 입힌다.
나무도 또 하나의 분신을 기르고 새로운 삶의 세계로 떠나보내면서 기뻐야할 이별의 장이 왜 이리 스산한지. 이별의 노래 같은 갈잎의 울음이 가슴을 아리게 한다.

뒤웅박만한 엉덩이로 지구를 깔고 앉은 왕거미가 허공에 그물을 치고 더듬대며 잠자리 무덤을 만들거나 화려하게 구장口葬을 치루는 의식에 몰두하는, 그런저런 일들이 쌓이는 하루. 열매는 열매대로 계절 찾아 익어가고 그 무엇 하나 존재에 소홀함이 없는데 어영부영 시간을 죽인 내 모습이 안타까워 맑은 별 같은 옹골찬 열매하나 내게서 영글었으면 좋겠다고 허망한 꿈을 꾼다. 꿈을 꾸는 것은 자유니까.
가을처럼 푹 익었으면 좋겠다.

돌도 부처가 되는데

바위덩이가 석공의 정을 맞고
눈을 뜬다
돌 속에서 잠자던 별이 잠을 깬다
뼈마디 사이사이 스며든
속세의 시간이 길게 늘어선다
석공의 공력이 손끝을 울려
몸 속속들이 경전을 새겨 완성된 몸
고행의 길 걸어온 돌 속에 집 짓고 앉아
어둠의 문 열어 무념무상
눈 감고 하늘 우러러
서럽던 번뇌를 해탈한 이름
부처
눈 한 번 껌벅임에 세월이 저만치 밀려나도
시간을 접고 앉아
이 땅의 어둠 찾아 불 밝히는
어둠 속 별 하나 다시 뜬다
돌도 부처가 되는데

도시 주변을 지나다 석물을 만드는 곳에 눈이 머물렀다. 석불, 비석, 십이지신상 등 단단한 돌에 생명을 불어넣고 있었다.

문득 조물주 생각이 났다. 창조주는 누구일까? 이 무한의 세계를 창조한 절대자는 가늠조차 할 수 없지만 작은 바윗돌에 생명을 불어넣는 석공의 손길에서 엄숙함과 경건함을 느낀다. 석공이 작은 창조주가 아닌가? 눈 감고 침묵으로 겁의 시간을 누리는 바위. 그 바위에 또 다른 생명을 불어넣어 눈을 뜨게 하고 삼라森羅의 섭리를 껴안은 해탈의 모습으로 앉은 돌부처에서 나는 생의 의미를 찾고 미래의 불빛을 쫓는다. 작은 창조주는 세상 어디에도 있고 누구에게나 주어진 능력이 아닐까?

무지한 중생의 눈을 뜨게 하고, 스스로 빛을 찾아 그것을 중생들과 나누는 자비의 화신. 돌도 부처가 되는데 자칭 만물의 으뜸이라 고개 드는 우리, 나의 모습은?

나도 무엇의 창조주가 될 수 있지 않을까?

11월 장미

무슨 생각이 그리 무거운 걸까
빛나는 계절 다 버리고 핀 장미
초겨울 감기에 꽃잎이 파르르 떤다

시간을 5월에 묶어 놓고
가물거리는 기억을 헤매다
찬 하늘 데려와 발 담그고
잦아든 풀벌레 깊은 울음 따라 울다
치매의 늪에 빠진

허허한 가슴에 빈집 짓고
종일 발길을 놓고, 생각을 놓고
낙엽 위를 타박타박 걸어오는
저문 빗소리

어느 산마을 미륵인 양
아파트 담장에 기대 앉아

계절의 저녁이 헷갈려도

장미는 허공을 안고 꿈을 꾼다

장미도 가끔 치매에 걸리나 보다.

한철 좋은 때 놓치고 앞길이 뻔한 시린 계절에 꽃을 피우다니.

허나 달리 생각해 보면 누군 치매에 걸리고 싶어 걸리겠나?

주어진 운명이라 생각밖에.

장미꽃이 감기에 걸려 콜록이는 것을 보며 왜 내 눈이 젖는지?

어머니 얼굴이 눈앞에 어른거린다. 애잔한 그리움이 붉은 장미처럼 피어오른다.

때를 놓치기 일쑤였던 어머니의 퇴화된 기억력. 좋았을 때, 좋은 기억 다 잃어버리시고 시린 발 동동 구르던 회한의 기억만으로 고생하시다 떠나신 어머니.

11월 장미꽃 같이 계절을 잊으셨던 내 어머니.

하늘을 건너간 나비

하얀 나비 한 마리 재옷 입고
고요의 길 떠났습니다
바람길 따라 하늘을 건너갔습니다

어머니의 자궁 떠난 지 얼마나 되었다고
우주의 품으로 돌아갔습니다
가는 길 험하지 않다고 환히 웃으며
활활 타는 불길 속을 걸어갔습니다
오는 봄이 더디다고
길 서둘렀나 봅니다

사람들이 어둠이라고 하는 세상
야산 기슭에 한 떨기 야생화처럼
꽃씨 뿌려놓고 봄의 적막에 들었습니다
잠시 빌린 흙집에 칩거하다 다시 떠나는 날
그 땐 나도 그 길을 가겠지요

몸이 닮았던 우리
한 줌 재로 흩어져도 우리는 남매
그리움이 몸보다 먼저 닮아 있었습니다
나를 붙잡는 따라갈 수 없는 먹먹함에
나는 정물로 주저앉았습니다

지우면 지울수록
양각으로 가슴에 새겨지는 환한 얼굴
촛불 겨진 세상이 아뜩하니
아무 대책이 없으니 어찌합니까

「내게 드리운 어둠은 밝을 줄 모르고
유리창에 흘러내리는 빗물은 그칠 줄 모르고」

사람들이 제일 두려워하는 길, 그 길을 너는 용감하게 가는구나.
내가 네 병실을 찾았을 때 오히려 나를 위로하던 너.
'내가 갈 길은 밖이 아니라 안에서 이끄는 길'이라며 꽃으로 피어나 꽃
으로 눕던 너.
생의 허무를 눈으로 말하는 내내 평안한 모습으로 눈길 주던 마지막 모
습.
내 슬픔이 허깨비의 눈물이란 것을 나는 안다, 방금 곱게 만져지던 너
의 살결이 한 줌 재로, 먼지로 만져지는 허망.
가슴이 무너진 폐허를 말없이 건너가는 나비 한 마리.
저승길 편히, 부디 편히 가시라.

푸른 밤의 꿈

시퍼런 뻐꾸기 울음에
고래가 바다를 업고 산을 오를 때
푸른 파도에 고래 등이 넘실대고
구름도 푸른 옷자락으로 홰를 칠 때
꿈도 푸르게 영근다

키 큰 느티나무 아래
민달팽이가 안테나를 세우고
우주 어느 행성과 교신을 하는지
요양병원 아기가 된 할머니의 안부를 묻는지
푸른 꿈이 등불을 밝히는 것처럼

어둠이 오면 고단한 집 뒤뜰
초록별이 앵두꽃 속에 잠을 청했으니
머지않아 탱글탱글한 작은 별 하나 영글고
수만 년 낙타가 걸어온 사막에
초원을 꿈꾸는
푸른 밤은 흠향歆饗의 시간

세상이 온통 신명으로 꿈꾸는데
나는 아뜩하니 잃어버린 꿈 앞에
무릎 꿇고 민달팽이처럼
푸른 꿈의 안테나를 다시 세운다

늦은 봄밤, 세상이 온통 푸른 꿈을 꾼다.
꿈이 꿈을 낳고, 기르고 결실이 된다. 모두 한 삶을 위해 자연에 순응하
며 바쁘게 제 할 일에 매달리고 있다. 하늘의 별도, 지상의 한 송이 꽃
도 꿈속에 드는 저녁.
끝없는 사막에서 낙타 등에 탄 요양병원 할머니가 궁금하다.
모래바람이 주인인 사막에 초원은 언제 펼쳐질지? 누구에게나 절망은
부질없다. 이뤄질 수 없는 꿈이라도 꿈이 있어 세상을 산다.
이 모든 꿈이 풍만한 계절의 태속에서 시작되었을 테니 푸른 밤은 영원
한 희망이다.

먼 길

초승달이 서녘에 실금을 긋고 간 사이
한 사람 다녀갔습니다
그대 간 길 너무 멀어
밤새워 울어 봐도 뜻 모를 생의 깊이
내 마음 무너져 아뜩합니다
그대 간 허공을 붙잡고 있는 동안
계절은 자주 몸을 바꾸고
내 영혼의 나비는 구름 위를 나는데
손에 꼭 진 휴대폰에선
'그런 번호는 없습니다'

뜨겁고 아프게 지는 저 동백꽃처럼
어디로 뚜벅뚜벅 가는 걸까
저녁 어스름에 잠든 고요
삶은 잠시 빌린 것이라며
삶을 돌려주고 떠났습니다
그대 간 길 너무 멀어 보이지 않고
빛바랜 꽃잎에 이슬방울만 촘촘한데

나는 바람 든 풍선처럼

무심한 바람에 휘둘릴 것만 같아

내 영혼의 뜰에 홀로

선돌立石이 되어 눈을 꼭 감습니다

세상은 둥글다. 달도, 지구도 ——— 우주도?

그러니 시작이 있고 끝이 있을 리 없다.

인연도 끝이 아니라 또 다른 시작 일게다.

인연이 끊겼다면 또 다른 형태로 실타래처럼 얽힌 인연으로 맺어질 것이다.

나를 둘러싼 인과관계는 시작도 끝도 없이 돌고 돌 테니까.

나는 지금 나와 가장 가까운 인연의 줄을 놓치고 서러워하고 있다. 갑작스런 이별의 슬픔 때문에 생의 본질에 대한 어리석은 독백을 하며 괴로움을 겪고 있다.

삶이란 것도 생각해보면 별것 아닌 것을. 장자가 자기 부인의 주검 앞에서 노래를 부르고 있는 모습이 문득 떠오른다.

또 다른 인연의 끝을 잇는 섭리라고 마음을 가다듬는다.

하얀 국화 한 송이

천둥 비 흠뻑 맞고서야
먹구름 사이 가는 햇살이더니

어쩌다 불꽃으로 타는
슬픔을 몸에 두르고

외계外界와 손잡고
절대의 이끎에 배행陪行하는 길

슬픔이 몸을 일으켜
성체聖體를 한 몸으로 껴안고

슬픔과 하나 되어
눈물의 마른재속에서 다시 피는 꽃

비눗방울을 생각한다. 아이들이 입김으로 불어 띄운 동그라미. 한 치 앞을 헤아릴 수 없는 존재. 언제 끝나고 어디로 갈지 모르는, 자신이 만들어 놓고도 운명을 점 칠 수조차 없는 맹랑함. 우리들 인생도 그렇지 않던가.

한때는 용광로처럼 달구어진 가슴으로 희망을 노래했고, 때로는 버거운 세상 헤치고 걸었을 몸뚱이. 무너진 사랑으로 터질 뻔한 심장이며 삶의 무게에 짓눌린 어깨.

이제 모든 것 다 잊고 무거운 짐 벗어 던지고 노을 곁에 서서 스러지는 노을처럼 어둠으로 가라앉을 넋. 하얀 국화는 무슨 업보로 배행의 길 함께하는가?

깜깜한 밤의 별은 더욱 빛나리니 비눗방울처럼 가벼운 발걸음으로 떠나시게.

억지 인연도 인연이려니 하얀 국화 한 아름으로 길동무하고.

차가운 인연

바다가 바위섬을 안고 흔든다
두려운 마음 다잡고 따라나선 바다
아뜩하다
불안한 마음이 모자를 자꾸 눌러 쓴다
순간 팽팽해지는
생과 생이 부딪혀 전해오는 전율

이승에 미련 남았다고 퍼덕이는
낚시에 꿰인 물고기
동그란 눈이 나와 마주쳤다
눈도 깜빡이지 않고 쳐다보는 저 눈빛
무슨 말을 하고 싶은가?

지난해 요양병원에서 눈을 감지 못한
그녀의 눈을 감겨주며
끝내 듣지 못한 눈으로 한 말이
하얀 시트 위에 꽃잎처럼 떨어져 있었다
한세상 사랑했다고 말하고 싶었을까

아마, 이 세상은 자기 뜻이 아니라 했겠지
그날도 햇살은 무섭게 내리꽂고
바람은 가만있지 않고 날을 세웠다

바다는 제 힘을 과시하듯
초라한 목선을 가만두지 않고 두드린다
뱃전을 붙잡고 있는 내 머리 위로
바닷새들이 맴을 돈다
하늘을 보고 누운 물고기를 바라보는데
하얀 시트 위에 그녀가 누워 있다

그녀의 기일이 지나간다
죽음은 삶의 절정에서 피는 꽃
내 가슴에 한줄기 소나기가 쏟아진다

무겁디무거운 무상無常이 어깨를 누른다. 오직 허기진 배 재우려는 일념으로 덥석 문 먹이가 자신의 생을 낚을 줄이야. 펄쩍 뛰어도 보다가 헐떡이는 숨 못 참고 누워버린, 눈도 감지 못하고. 이승의 끈 놓지 않으려고 안간힘 쓴 흔적이다.

수많은 관계 속에 사랑을, 미움을, 무게로 따지면 한이 제일 무거웠을 한 생.

그녀가 치열하게 살다 간 이 세상에 남아 있는 내 가슴에 쏟아지는 소나기. 인연이 무엇이기에 지독한 굴레를 씌워 고통을 주는 걸까? 실체도 없이 질긴 끈으로 이어진 삶의 한 축 같은. 동아줄처럼 질긴 인연도 세월 가면 낡아 끊어질지 모르지만 내 삶이 다하는 날까지는 악착을 떨며 붙어 있을 것 같다.

어느 날 언듯 마주친 인연 하나를 더하여 그것이 마른 가슴을 적시다 허공으로 날아가고 다 타버린 허상일지라도.

드렁칡을 위한 변명

퍼렇게 멍든 숲이 팽팽하다
흙이 흙을 업고
풀이 풀을 밟고
나무가 나무의 어깨를 짚고 일어선다

온통 산기슭을 점령한
메두사*의 붉은 입에
어린 생강나무가 파르르 떤다

나는 검투사의 칼춤으로
고개 빳빳이 든 메두사의 목을 치는데
잘린 목에서 수많은 메두사가 혀를 낼름댄다

은밀한 괴물의 출현도
적자생존의 냉정함도 숲의 질서라고
이명으로 들려주는 산울림

---

* 메두사(medusa) : 그리스 신화에 나오는 괴물

숲은 이끼로, 교목으로, 관목으로 서로가 얽혀
바람으로 햇볕으로 치열한 경쟁을 하는데
나비 한 마리 날갯짓이 고요하다

칡넝쿨이 어린나무를 먹고 있다. 칡을 모두 끊어주면 싶었다.
한편 생각해보니 모두가 생존의 문제다. 우리의 정서는 약한 자 편이어
서 호랑이 먹이가 되는 사슴이 안타깝고 초원을 내달아 쫓는 사자로부
터 얼룩말이 더 빨리 달아났으면 하는 마음이다.
먹이를 잡지 못하면 죽을 수밖에 없는 육식동물에겐 생존문제인데. 식
물이 지구상에 존재한 역사는 동물보다 앞선다. 삶의 경쟁도 역시 동물
보다 식물이 더 치열해 보인다. 소나무는 자신의 주변에 어느 풀이나
나무의 자람을 가만두지 않는다.
소나무를 제거하면 어떨까? 숲의 질서와 조화가 무너질 것이다.
평화롭게만 보이는 저 숲이 생명을 건 투쟁의 장이라 생각하니 삭막하다.
그냥 마음 가는 대로 눈 가는 대로 좋게만 보기로 하자.
속내 따져보아야 무엇하리. 이것저것 따지지 말고 있는 대로 보이는 대
로 평화롭고 아름답게만 바라보자.

모과나무 분재

섬뜩, 칼날이 깊이 박힌다
가슴에서 불꽃이 튄다
삭둑 잘린 모과나무 상처를
울음의 파문으로 일어선 바람의 실로
꿰맨다

상처에서 흐른 피가 사리로 굳어
별처럼 빛나고
울음이 통통 튀는 웃음이 되어
상처를 치유한다
수없이 새겨진 아픔의 흔적에서
새순의 기쁨이 찬란하다

요만한 상처도 없이
어찌 한세상 아름답게 산다고
할 수 있겠나
싶게

상처 난 아름다움이 우뚝한

모과나무 분재

상처는 삶의 흔적이다. 상처는 그리움이다.

상처 없는 삶이 어디 있겠는가?

내 탓, 네 탓 세상 탓 상처로 얼룩진 삶은 치열함이다.

살아가는 동안 살기위한 노력에서 오는 긴장, 스트레스, 성공과 실패에서 오는 치기나 좌절, 끊임없이 삶에 따른 고통이 온다.

나는 때때로 겪는 감정의 상처를 보듬으려 빛바랜 일기장을 뒤적이거나 모과나무 분재 앞에 앉아 시간을 잊고 상처투성이 몸을 만진다. 툭 떨어지는 나뭇잎 하나 주워들고 상처를 매만진다. 가슴 찢는 아픔은 누구에게 바치는 희생인가를 생각한다.

가끔은 가슴을 두드리는 파도소리로도 후련해지지만 가슴 찔린 옛일을 회상하다보면 상처가 치유되는 느낌이 온다.

타의로 꺾이고 찢긴 몸을 의지 하나로 일으켜 세워 살아가는 모과나무 분재 곁에서 삶의 의미를 되새긴다.

잊음으로 여는 세상

뻐꾸기 새끼 날아간 둥지에서
오목눈이가
뒷산 뻐꾸기 울음에 귀가 젖는다
빈 둥지에 남은 것은 허공을 날지 못한
깃털 하나

뉘 자식이라 탓함 없이
가슴 털 하나하나 뽑아 품고
숲의 빈정거림도 귀 밖으로 흘려버린
오목눈이는 種종의 의미를 따지지 않는다
빈 둥지의 덧없음을 울지 않는다
한세상 사는 값이라 여길 뿐

독거노인이 떠나는 철거 지역 오두막집
모두 열려 있어 더 굳게 닫힌 벽의 끝에서
홀로 키운 삼남매 소식 끊긴 뒤
상처투성이 늙음의 세월을 견디며
기다림이 꿈으로 녹아내린 집인데

오목눈이는 떠돌이별 하나 찾아 떠나고
노인도 이사를 한다
대문 두드리는 비명을 땅에 묻는다
죽은 듯 산 듯 맨발로 살아온 세월
시린 발 불에 태워 우주로 간다

나는 엷은 저녁 햇살을 안고 망연한데
빈자리의 적막이 내 등을 가볍게 두드린다
언제 한세상 머물렀던가 싶은
잊음이 또 한세상을 연다고
상현달은 제 길을 재촉한다

창조주가 세상을 열면서 살아가는 것들에게 잊음이란 선물을 한 것은 얼마나 고마운 일인가. 만약 우리들에게 잊음이란 것이 없었다면 우리의 삶은 어떠할까?

생각만 해도 끔찍한 일이다. 잊음은 단절에서 시작되고 단절은 순환을 이루는 단초이니 그것은 소멸로 귀착된다고 볼 수 있다.

고맙게도 잊음에 대한 각박한 정서를 메워주기 위해 그리움이란 감성적 위안을 주고 시간이 가면 그리움도 점차 흐려지게 하는 오묘하고 치밀한 조물주의 배려가 놀랍다.

세상사를 돌아보면 잊어야할 것과 잊지말아야할 일이 너무 많다.

뻐꾸기 새끼를 제 새끼처럼 기르는 오목눈이 마음을 알 수는 없으나 깊이 생각해보면 그런 삶의 방식도 다 우주의 섭리로 이루어진다고 볼 수밖에.

우리 사회에서 일어나는 잊어야할 일과 잊지말아야할 일들이 혼동되는 현실에서 오목눈이와 뻐꾸기의 생의 비밀은 얽히고설킨 삶의 관계를 다시 생각하게 한다.

꽃이 피고 지고

꽃잎이 땅에 눕는다
한없이 고요해지고
고요가 바람의 손잡고 길을 떠난다

꽃이 열광하던 벌들이 떠난 뒤
꽃 진 자리엔 작은 별이 뜨고
아픔이 기쁨을 안고 지구가 돈다

이 땅에 사라진 것은 아무것도 없고
빙글빙글 지구는 쉼이 없고
고요가 천둥소리를 잠재운다

꽃이 피고지고 별이 되어
지구를 떠돌다가
발목이 얼고, 다시 녹고
또 꽃이 피고, 지고
지구가 살아가는 방법이다

꽃잎이 떨어지며 지나가는 바람을 붙든다.

이 밤 지나면 또 하루 꽃이 피고 또 지고. 긴 듯 아닌 듯 낮의 꼬리가 밤을 물고 이런 저런 사연을 들고 희망과 슬픔을 안고 보내는 하루하루. 떠남이 있어 새로 오는 길이 벅차고, 오는 설렘이 있어 떠남이 그리움을 남긴다.

꽃이 피고 지는 의미를 함부로 논하지 말 것이다. 이것은 지구가 살아가는 본질 일 테니까.

떨어져야 다시 사는 이치를 알고 있는 꽃잎은 아무 말 없이 피고 진다.

세상은 주기적으로 비워야하고 소멸해야 생성되는 순환의 섭리. 누가 꽃잎이 진다고 서러워할 건가. 지구가 살아가는 방법인 것을.

씨앗의 결실이 희망인 눈 큰 욕망의 사리가 때를 기다린다.

흐르는 가을 길에

몸을 나눠 보시했구나
상처가 마냥 고운 이파리

소슬바람이 내게 데려온
구멍 난 단풍잎 하나
그 상처가 왜 이리 아름다운지
큰 울음이 피리소리로 귀를 밝혀
뭇 생을 고리로 이었으니
은빛 그림자 무늬 위에서
새들은 힘찬 날개를 펴고 있다

내 눈길을 붙잡는 구멍 난 상처
세상에
아프지 않은 삶이 어디 있던가
고통 없이 여문 씨가 어디 있던가
상처로 자라는 이파리를 보면 알겠거늘

마음 한켠 뚝 떼어 주고

상처를 어르며 단장하고
빈 가슴을 바람으로 채우는 단풍잎이
먼 길 떠나며 내게 넌지시 건네는 말
알 것만 같은 그 뜻을
내 삶 아플 때마다
그 뜨거운 심장을 꺼내 보리라

흐르는 가을 길에 만난 보살 한 분
하루가 마냥 맑다

가을은 나누는 계절이 아닌가 싶다.
몸도 마음도 나누는 사랑과 희생의 계절.
봄, 여름에 자신을 위해 취하고 품었던 것을 가을엔 두루 나눠주고
겨울 준비를 하고 다시 봄을 맞는 밑거름이 되게 하는———.
단풍잎 하나도 그냥 떨어져 사라지는 것이 아니다. 살아서도 제 몸
일부를 보시하고, 죽어서는 모두를 나눠주는, 이런 것이 자연의 섭리일
진대 우리들의 삶의 모습은 어떠한가? 떨어진 낙엽 하나들고 보니 무
념무상에 든 보살을 보는 것 같다. 나 자신부터 돌아볼 일이다.

가을 여자

가을에는
나와 잠시 살다 가는 여자가 있다

낙엽이 갈바람을 껴안을 때
향기로 다가와
살가운 미소로 가슴에 안기고
내 누추陋醜를 아름다움으로 빛나게 해주는
풍악산楓嶽山*을 닮은 여자

뚝뚝 부러지는 햇살과
발끝에 밟히는 풀벌레의 유언을 모아
허공에 무덤을 만들고
가슴 큰 나무가 되어
서산 마애불의 미소를 닮으려고
'장자의 늪'에 빠진 여자

구멍 난 집을 어찌할까 고심하다
허공의 적막을 깨달은 왕거미 선승 같은

하늘 정원을 노니는 고추잠자리 같은

속 비우고 먼 허공을 껴안는

바람의 등에 생을 얹은 여자

가을에는 나와 하나 되어

잠시 살다 가는 여자가 있다

---

* 풍악산 : 가을 금강산 이름
* 장자의 늪 : 흐르는 물은 참된 모습을 볼 수 없기 때문에 거울로 하지
  않는다.
  사람도 항상 고요하게 정지해 있는 지수처럼 고요하게 하고 있으면 세
  상의 신상을 잡을 수 있다.   - 장자 -

가을은 사랑이다. 사랑이 열매를 맺고 사랑이 익는다. 사랑은 사랑을 낳고 또 잉태한다.

푸른 하늘이 그렇고 대추나무에 빨갛게 익은 대추가 그렇고, 누렇게 익은 풀씨가 그렇다. 혼자가 아닌 누구와 함께 한 시간의 흔적이다.

허공이 비워준 길을 나무가 걷고 귀뚜라미가 목청 돋워 따른다.

계절의 베풂을 나누는 여자, 세상을 사랑하고 사랑을 낳는 여자.

가을에 찾아온 여자, 나와 한 몸이 되는 여자. 사랑을 낳고 기르는 여자.

가을이면 바람과 함께 잠시 다녀가는, 그래서 그리움을 남기고 행복을 주는 여자.

가을에는 내가 사랑하는 여자가 있다.

늦은 봄밤

산이 바다를 퍼 올린다
하늘이 푸른 치맛자락을 펼친다
자꾸 푸르러지는 바람의 물결

갯가 달개비가 기르는
아기 코끼리가
넓은 초원을 꿈꾸는 저녁

작은 별 하나 슬며시 내려와
앵두꽃 속에서 꿈을 꾼다
지구에 솜털 하나 돋는다

별들은 산이나, 들이나, 텅 빈집 뜰 어느 곳이나 내린다. 그러나 봄밤엔 정갈한 꽃잎에만 내린다. 우주의 씨를 심는다.

높디높은 하늘, 푸르디푸른 하늘의 눈빛으로 단단히 영근 우주의 씨를 심는다.

우주를 닮은 생명을 탄생시킨다. 비로소 우주의 꿈이 실현된다.

살 오른 봄의 뺨을 만지다 하늘을 본다. 산소리, 물소리, 계절이 짙어지고 온 선물로 온통 잔치다. 봄은 느낌의 은유다.

시꺼멓게 멍든 가슴도 풋내 나는 봄노래에 못이긴 듯 풀리고 좀 어수룩하다 싶게, 좀 느린 걸음으로 길을 가자. 서로 기대고 코를 고는 봄밤의 향기.

산도, 들도 모자라지 않고 넘치지도 않는 딱 좋은 별빛마저 초롱한 늦은 봄밤.

체면치레가 미덕인 탈을 벗어버린 사내가 벌거벗고 봄 속으로 들어간다.

내 영혼의 불꽃

고목이 눕는다
노을꽃 향기를 베고 눕는다

태풍에도 끄떡없더니
시간에 지친 몸이
실재와 부재의 다리를 건넌다

한때는
바람을 불러 풍선을 띄우고
아베베*가 맨발로 마라톤 우승을 한 것처럼
맨발로도 싱싱하던 푸르름

아직 갈 길 멀다고
시간을 붙들어 듬성한 들판을 깁고
고된 삶 어르시더니

---

*아베베 비킬라 : 이디오피아 인, 1960년 로마 올림픽 마라톤 우승자.
　　　　　　　맨발로 마라톤 풀코스를 뛰었음.

안개 속

젖은 마음 가볍게 말리는 사월

아버지, 재옷 입고 불꽃 일궈

청맹과니 자식 어둠길 밝히신다

아무리 인간의 지혜가, 과학이 발달해도 인력으로 어찌할 수 없는 것이 많다. 이 불가역적인 현상에는 자연의 섭리에 따를 수밖에. 그러면서도 꽃은 꽃대로 사람은 사람답게 뜻을 세우는 삶을 위해 애쓴다.

코로라도 강물이 아무리 거세게 밀려가도 바다를 밀어내지 못할 것을 알면서도 강물은 쉼 없이 흐르고 산이 아무리 솟구쳐도 높아봐야 하늘 밑 땅일 뿐이다. 새가 하늘을 오르는 것은 하늘이 되고자 함이 아니라 날아야 새가 되는 숙명에서다.

하늘보고 피어난 한 송이 꽃도 꽃잎은 땅으로 떨어지나 한 생명을 키워 매달아 놓지 않던가. 이상과 현실을 추구하다 주저앉아 잠들어야 하는 것이 우리네 인생이라지만.

아버지는 오늘도 나의 푸른 꿈을 위해 불을 밝혀주신다.

오목렌즈로 보는 세상

제4부

방울새

"쪼롱, 쪼로로롱, ~ ~ ~"
무거운 강의에 반쯤 조는데
방울새가 강의실을 깨운다

어둠의 자물쇠로 깊은 잠 재웠는데?

방울새의 죽비소리에
일제히 고개를 들고 새를 찾는 눈빛
내 손이 황망히 새의 입을 막자
요란한 여운을 남기고 새가 잠든다

내 방울새는 귀여운 코미디언 기질이 있어
무시로 내 마음 속에 들어와
무당춤을 추기도 하고
가끔은 나를 무식하다고 어깃장으로
골탕을 먹이고 장난을 친다

때론 잔잔한 수면에 뜬 달의 유혹으로

잊히려는 내 상처를 도지게 하지만
전용 도서관이 되고, 안내자가 되고
책상 위에 프레지아 꽃불로
나의 미망을 밝혀주는 촛불이 된다

현대사회를 4차 산업혁명 시대라 한다. 인공지능과 인간이 협업하여 전체 생산과정의 최적화를 구축하는 산업이란다. 이렇게 우리 사회는 하루가 다르게 변하고 새로운 문명의 이기들이 줄지어 나오는데 나는 컴퓨터의 기초기능이나 휴대폰의 몇 가지 기능만 활용할 줄 알뿐이다. 편리한 줄 알면서도 대부분의 기능은 배울 엄두도 못 내고 있다.
어쩌다 보니 휴대폰이 나의 가장 친한 친구가 되고 나를 도와주는 조력자로 자리를 잡았다.
때론 내가 실수를 하고도 휴대폰 탓을 하고 정직하게 조력하는 휴대폰에 화를 내는 바보짓을 하지만. 휴대폰은 내게 둘도 없는 친구요 동반자다.

스미다

한 꽃이 지면 나시 한 꽃이 피고
잎이 지면 새잎 돋는 순환이 시작된다
꽃잎도 나뭇잎도 휘적휘적
떠났다 옷 갈아입고 다시 오는 모습
허공을 채우려 가는가 했는데
가는 곳 따로 있던가
있을 곳도 갈 곳도 바로 여기
이 땅과
이 물과
이 하늘이 전부인데
누구나 정해진 자리에 잠시 머물다
형해形骸마저 지우고 빈 곳 찾아갈 뿐
나는 네게로
너는 내게로
가는 곳 묻지 않고 서로에게 스며
본래의 자리로 돌아가는 것
차원이 다른 서로가 서로에 스며
태초를 가고 온다

밥상에 놓인 음식재료들도 제 나름 한세상 살아온 의미가 있고 그들도 저마다 무언가를 먹고 살았을 것이다.

식탁에 놓인 음식을 먹으며 현재를 살고 있는 나도 언젠가는 무엇에 먹힐 것이고 결국 눈에 보이지 않는 세균에 의해 분해되어 다른 개체의 일부로 스밀 것이다.

늙은 사자가 순하게 눕는다. 사자는 흙이 되고 풀이되어 얼룩말의 먹이가 되고, 얼룩말은 다시 사자의 먹이가 되고, 마침내 동물의 왕이라는 사자도 흙이 되고 눈에 보이지도 않는 미생물에 먹히는 생의 고리가 순환하는 것이다.

서로가 서로에게 스며 현묘한 순환의 길을 가는 것. 세상 모두는 서로가 스며들고 돌아드는 순환의 반복일게다.

바람

바람은
신神의 신발을 신은 자유의 영혼이다

하늘을 맑게 씻어놓고
구름을 불러 그림을 그리고
해와 구름 사이
손 뻗어 어울림의 조화를 이루는 신기神技

달이 외로워지면 팔 뻗어
부드럽게 어루만져주고
시작도 끝도 없이 지구를 빙빙 돌고 있는
바람은 신의 손이다

어둠을 불꽃으로 태워 길을 내는 것도
나비가 나비로 살아갈 수 있음도
자연현상의 관심 밖 일상이지만
가끔 태풍이나 토네이도가 바람기둥을 세워
허공에 설치미술을 연출할 때엔

바람의 존재가 새로워지기도 한다

보이지 않는 손으로
지상의 모든 것을 끌어안고
생명을 불어넣는 바람
바람의 품에 안긴 우암산 소나무
지구의 비듬으로 자란다

바람은 스스로를 내보이지 않는
그것이 신의 마음일 게다

바람은 시인의 언어다.

자유의 영혼이다.

바람은 섬세한 감성의 소유자로 때론 상관물을 통해 자신을 내 보이고 존재를 확인시켜 주려는 욕망을 가진 생물이다.

지구를 지구답게 만들어 생명의 원천이 되기도 하지만 죽음의 무덤으로 몰아넣는 매정하기도 한 야누스의 얼굴을 가진 존재이기도 하다.

바람은 존재와 부존재 사이 언제나 끼어들어 어디고 데려가고 데려오는 것.

신의 신발을 신고 지상을 마음대로 순주하는 절대자의 속성을 가졌다.

그러나 그도 우주의 한 귀퉁이 조그만 행성에서 더부살이와 같은 존재다.

그래도 바람은 주어진 자유를 맘껏 누린다. 그러면서 절대자의 비장한 힘을 대행하기도 한다.

무명 시인의 집

꼬물꼬물 누에가 집을 짓는다
푸른 영혼에 입 맞추고
지구 밖 유성의 맑고 밝은 빛살 캐다가
시어로 다듬어 날줄 씨줄 엮는다
무지개 꿈이 가득한 집을 짓는다

집이 완성되자
누에는 하얀거에 들어 하늘을 꿈꾼다
비단 수의壽衣에 어리는 향기로운 잠의 꿈
훨훨 나비 꿈을 꾼다

나비이고 싶은 나방이
꽃을 보고 싶은 날개가 울에 갇힌다

날지 못하는 날개는
긴 잠 속에 들어 시간을 흐르고
적막이 문을 닫는다

잠꼬대 같은 독백만 가득한 집

하늘을 오르려다 주저앉은 나방의 집이다

날지도 못하는 날개로 허공만 바라보다 주저 앉아야하는 현실.

그래도 누에는 푸른 영혼에 입 맞추며 우화를 준비하고 세상을 돌아보며 아름다운 집을 지을 꿈을 꾼다.

빛나는 시어로 지은 하얀 집. 시인이 된 누에는 하안거에 들어 시를 구상하고은사를 독백으로 풀어 비단(시다운 시)을 짜려하나 이 시인의 한계는 여기까지다.

집을 나서 세상을 돌아보려 하나 날개가 부실하다. 세상을 훨훨 날며 아름다움을 보여주고 들려주려는 꿈을 접어야 한다.

결국 시 다운 시 한 편 못쓰고 고독으로 날이 저물고. 혼자 우는 갈잎의 노래만 빈 집에 가득하다.

늦은 귀가

창밖엔
하현달이 혼자 서성이는 것 외엔
사위가 고요했다
마당에 매 논 빨랫줄에는
젊은 엄마의 꽃무늬 속옷 자락에
긴 잠이 매달리고
잠이 그리운 발자국 소리 멀리 들린다

월세 단칸방에 갇힌
남자의 사진과
일곱 살로 모든 것이 멈춘 아이
밤이 두려운 아이의 빈 가슴을 메우는 일은
몸살 앓기 외엔 속수무책인
허기진 배보다 더 아픈 외로움

밤일 밖에 할 수 없는 엄마는
허리 펴고 검은 하늘도 쳐다볼 틈이 없다
아이가 지쳐 잠든 곁에

허둥대며 달려온 마음 털썩 주저앉는다

찬 손 시릴까 잡지도 못하고

울컥 울컥 속으로 울다

가을보리가 춘화처리를 하지 않으면

이삭이 영글지 못하는 자연의 섭리로

자기최면을 걸고

잠을 청한다

잠시 뿐인 선잠의 밤을

세상은 공평한 듯 하면서도 불공평하다. 어쩌다 낮은 삶에 익숙한 사람들. 그리도 소박한 꿈마저 한 자리 머물지 못하고 많은 세월 최선을 다한 삶이어도 어깨는 늘 눌리고 공허에 허덕이어만 하는지. 더 높은 곳, 더 많은 것은 애초 뜻도 없어 주어진 삶을 운명으로 여기며 정직과 성실을 종교로 삼아 살고 있는 한 여인의 삶을 바라본다.

삶에 충실하여 주어진 만큼 취하는 순수한 삶의 모습. 단칸방이 전부인 세상에 기대 살고 있는 한 여인의 이야기를 통해 삶의 의미를 되새겨본다.

기다리다 지쳐 잠든 아이의 모습에서 주어진 삶에 최선을 다하며 자기최면을 거는 엄마가 선명하게 그려진다. 역경을 극복하고 운명을 바꾸려 애쓰는 한 인생을 어떻게 평가해야 할지?

밤에 우는 뻐꾸기

밤 뻐꾸기 울음에
아파트 숲이 잠 못 들어 수런대고
붉게 타던 장미도
밤이슬로 입술을 촉촉이 적시는데

오목눈이 둥지의 뻐꾸기 새끼
시린 발에 잔별이 뜬다

슬픔이 전부인 것 같은
밤새워 우는 저 뻐꾸기
그 원죄를 아는 이 누구인가?
슬픔을 주고 잊으라고 일어서는 바람에
왕버들이 살풀이춤을 추어
뻐꾸기 한을 달래주려는 듯

야윈 발 촉촉하니 살 오르고
먼 산짐승들 눈꺼풀 내려앉는 밤
순한 오월이 뻐꾸기 울음 껴안는다

〈잠시 뻐꾸기가 되어〉
나는 종교를 모르는데 자꾸 무언가에 고개 숙여 경배를 드린다.
믿는 신이 없으니 누구라도, 잠시 나의 신이 되어 간절한 내 소망을
들어주길 바란다. 이기심에 취한 자의 넋두리다. 그렇다고, 그렇다고
죄인처럼 무릎을 꿇지도 못하고 눈멀어 앞갈이 못하는 척도 못하고.
눈을 부릅뜨고 눈물을 삼키는데 몸은 서러움에 겨워 입술이 떨고 있다.
피를 토하며 울어 봐도 가슴만 메이는 노래. 내 울음의 뜻을 아는가?
가슴에 극지의 빙하로 얼어 있던 천형의 오해가 풀린다면 빙산이 녹 듯
울음이 밀물져 가슴을 적실 것이다. 그러나 눈 크게 뜨고 앞을 바라보
니 빙벽, 불은 꺼지고 절망이 크레바스로 유혹한다.
가는 길에 모래 바람이 더 거세진다.

꽃의 진실

꽃밭에 핀 꽃이 너를 위해 피었다고

착각하지 마라

세상 어느 꽃도 너를 위해 피는 꽃은 없다

오직 자신만을 위한 몸짓일 뿐

진실로 너를 위해 피는 꽃은

오직 네 마음꽃 뿐이다

우리는 많은 부분에서 진실에 대한 오해와 착각 속에 살고 있다.

왜 사느냐? 어떻게 살아야 하는가?라는 본질적 명제에서도 자아중심적 사고로 해석하려 한다.

분명한 것은 지구상 존재하는 생물들의 존재의 본질은 필요에 의해 존재하는 것이고, 각자 자신을 위해 최선을 다한다는 것이다.

인륜과 도덕적 삶을 앞세우는 우리도 따지고 보면 자신을 위한 자아애에 빠져있는 존재임을 쉽게 알 수 있다.

사랑, 희생이란 거창한 고급어휘로 포장되어 있지만.

그나마 인간과 사물과의 관계를 사랑의 눈으로 본다는 것은 참 다행이다.

착각이면 어떤가? 이기적이면 어떤가. 타인의 삶에 부정적 영향이 없다면. 내가 즐겁고 행복할 수 있다면.

행복한 저녁 한때

나는 오늘 저녁
행복의 손을 잡고 거리를 나선다

옥천 방아실 수생식물원
돌확에 핀 자수련 한 송이가
내게 성큼 걸어온다

아마도 숨차게 뛰어왔나 보다
카톡, 카톡, 카톡, ──톡, ──톡
문을 열 때마다 행복한 미소다

오늘은 아침부터
오월이 내 닫힌 창을 활짝 열더니
돌확의 작은 하늘을 딛고 우뚝 서서
나를 찾아온 꽃
깊이 모를 심연에서 꿈으로 빚은
행복의 선물

어둠이 나를 고독에 가두려는 시간
내 손을 잡아주는 수련꽃 한 송이
걸음걸음이 행복한 시간이다

행복은 무엇이고 어디서 오는가?
먼 산 너머 무지개를 쫓는 마음 내려놓고 산지 오랜데 오늘 행복 한 줌
쥐고 진정한 행복이 무엇인가 생각해본다.
뜻 맞는 문우들과 나들이. 몸과 마음을 다 비우고 오직 보고, 느끼고 즐거
움만으로 보낸 하루였다. 수목원의 잘 정리된 조경, 자연의 미가 눈을 유
혹하는 대청호반, 둘레 길에서 마주한 돌확에 오롯이 피어있는 수련 꽃,
그 아름다움과 향기를 곱게 담아 보내준 카톡 방.
순간의 기쁨과 만족이 쌓여 행복의 양이 늘어나는 것을. 행복도 느낄
줄 알아야 행복을 알게 된다.
'내가 구하고 있는 것은 행복 그 자체가 아니다. 그 행복에 이르기 위한
끝없는 노력이었다.' 늘 마음에 담아두고 있는 말이다.

꽃 편지

먼 나라에 사는 딸이 보내온
카네이션 꽃 편지
한참 눈을 떼지 못하다가

떼 집 짓고 분가한 어머니 생각
세상 아닌 세상길 어언 25년

어머니 손닿으면
상한 마음 아물고 처진 어깨 일어서던
대책 없는 그리움이
대청호의 물안개처럼 피어난다

곁에 앉아
잔디 다듬고 쓰다듬어도
닿을 수 없는 지척은 슬픔의 샘
슬픔 뒤에는 무엇이 있을까

꽃구름 속 어머니 미소에

세상 더듬다 무릎 꿇은 늙은 아들

눈물만으로는 쓸 수 없는
그리움의 편지 한 줄
카네이션 꽃잎에 매달아 놓는다

겨우내 꿈꾸는 듯 봄을 준비하더니 봄꽃으로 피어난 내 붙이가 세상에 나가 기지개를 펴고 그리움의 꽃으로 다가온다.

꽃무늬 종이에 반듯한 글씨로 쓴 편지, 글자마다 사랑이 촘촘히 박혀있다.

뜨거워지는 가슴으로 읽다가 눈물이 난다. 잘 있다는데——.

자주 영상통화를 했는데, 할 얘기가 너무 많은 우리.

딸의 편지를 읽다 먼 하늘을 바라본다. 그리움이 밀물진다. 첫 손녀 보시던 날 20여년 만에 안아보는 아기라고 그리도 좋아하시던 어머니. 꽃구름 속 어머니의 주름진 얼굴이 보인다. 그리움이 물안개로 피어오른다.

어머니를 한 번 안아보고 싶다. 가랑잎처럼 가벼워진 어머니를 업어드리고 싶다. 팔베개를 해 드리고 싶다. 눈을 뜨니 손에 들린 편지 한 장. 딸과 어머니에 대한 그리움이 겹쳐 눈시울이 뜨거워진다.

어머니를 그리워하는 마음은 그 흔한 건망증에도 걸리지 않는가보다.

목련

어머니의 하얀 손으로 접은 종이학이
목련나무에 집을 짓고
겨우내 알을 품고 있다가
뽀송한 솜털로 창을 꼭꼭 닫고 있다가
'봄이다!'
외치는 봄비 소리에
콕 콕 콕 쪼아보는 허공
아직 꽃샘추위가 창을 열어주지 않아
노란 햇살만 쳐다보다가
참지 못하고 조르르 달려 나온 새무리
어느 한 생을 돌아 이곳에 와서
또 한 생의 깨달음을 좇는 듯
꽃잎 손으로 봄을 서둘러 만지는
꿈의 날개

목련새 날아가면
또 고요한 봄을 접고 계실
어머니의 하얀 손

겨울은 땅 위의 모든 것들을 잠재운다. 그러나 겨울잠은 외연적으로 멈춘듯하나 내면은 깨어 있어 봄을 준비하는 시간이다.

정지된 듯 달려가고 차가워질수록 더욱 뜨거워지는 시간.

그 시간이 봄을 기다리는 시간이며 생명의 끈을 만들고 새 생명을 준비하는 시간이다.

목련은 가을부터 봄을 준비한다. 겨울엔 가지 끝마다 이글루를 만들어 알을 품는 하늘새. 나무에 알을 낳고 겨우내 품다가 이른 봄비에 꽃잎이 되었다가 훨훨 날아가는 목련 새의 장엄함. 해마다 어머니가 접은 종이학이 하늘새가 되어 날아간다.

흔들림에 대하여

태풍이 오고 있다
허공이 뇌우雷雨를 불러들여
몸부림을 잊지 않는다
삶이 시계추에 매달려 흔들리고
나무도 바람을 붙드느라 안간힘이다

묵묵히 터 잡고 앉은 산
그 위에 앉은 바위
토해내는 불덩이를 보기 전에는
미동도 않을 것 같았는데
어둠이 왔다가는 동안
산이 기우뚱 기울기도 하고
통째로 사라졌다 살아난다

가끔 새들이 허공에 상처를 내고
허공은 상처를 무심히 지운다
그러나 새도, 바람도, 산도

지난 시간의 모습이 아니다

지나간 것은 시간의 지층에 쌓여 화석이 될 뿐

아침이 휘황하다 사라지고

어제인 듯 내일도 오늘이 아니다

세월의 가는 길에 몸 낮추고

순명하신 아버지

아버지의 누운 자리가 흐르고 있다

뼛속에 바람이 불고 있다

세상이 어디론가 자꾸 끌려간다

세상은 시간과 공간의 영토인 것 같다.

시간은 보이지 않는 실체로 자신을 감추고 공간을 내 세워 자신을 감지
하게 한다. 공간에서 사물의 움직임을 통해 자신을 알린다. 우주적 유와
무도 시간과 공간을 통해 순환하는 게 아닐까?

상념이 꼬리를 물자 아버지를 그리워하는 마음조차 시간 속에 낡아감
을 느끼며 깜짝 놀란다.

그리움도 낡아가며 흔들리는 것을, 어찌하나.

민들레

조그만 것이
쪼끄만 것이
우주 기지를 건설한다

보도블록 틈
지나는 발길에 숨죽여
순간이 순간의 생을 끌고 가는 곳에서

어둠을 헤집고 고개 들어
노란 꽃대 밀어 올려 기지를 건설하고
우주로 가는 길, 그 길을 보고 있다
밤낮 없이 중력을 끌어올려
완성되는 우주선

누가 하찮은 꿈이라 하던가
우주로 가는 길 열어 떠나는 날의 우주선
조그만 것이

쪼끄만 것이
우주로 향하는 꿈

우리는 20세기 들어서야 허공을 짚었는데
민들레는
수수만 년 전부터 우주선을 띄웠으니

민들레, 이 보잘 것 없는 조그만 식물에 부러움을 느끼다니.
봄 햇살이 유난히 맑던 봄날 그냥 집을 나섰다.
보도블록 사이를 비집고 나온 이름 모를 잡초들과 어울려, 삭막한 돌너
덜에 끼어 노랗게 피어난 민들레꽃. 마음이 급한 녀석은 하얀 우주선을
띄워 하늘을 오르고 있다. 어느 별로 가는 걸까?
무딘 땅을 박차고 일어나 비상하는 자유로움. 우주로 가는 길이다.
가는 곳이 비록 바람이 데려다주는 곳, 자신의 의지 밖에 있는 타력에
의해 선택 될 곳이지만, 그곳이 아무리 험해도 민들레는 미래가 있다.
우주로 가는 꿈을 따라 나서는 용기.
나의 비상의 꿈은 마음만 상하게 하는데…. 바람 없는 날의 민들레 씨를 생각
해 본다.
외로워질수록 하늘로 비상하는 민들레 씨가 부러울 때가 있다.
우주로 향하는 꿈꾸는 자유가.

벚나무 꽃집 한 채

꽃샘바람 고개 숙이자
벼락같이 달려와
온통 세상을 분탕질하는
꽃들의 아름다운 폭거
'리우'의 축제보다 더 현란한
밤낮 없는 춘정에 마음 뺏는가 싶더니
빗방울에 꽃잎은 유성으로 흐르고
봄을 채찍질하며
벌, 나비 떼로 몰고 이별의 손 흔든다

꽃잎 떨어져
질척이며 밟힌 자리 바라보니
꿈과 현실 사이
눈감고 기다린 푸른 눈이
넓은 세상을 한 몸에 품는 사월
벚나무 꽃집 줄줄이 나비 등에 업혀간다

세상살이에 휘둘려 눈 크게 뜨고 하늘 한 번 바라볼 사이 없이
살아온 삶. 어느 날 고개 들어 세상 바라보니 꽃 천지다.
꽃 계절이다. 벚꽃의 꽃 축제는 봄꽃 중 가장 화려한 군무다.
메마른 가슴을 흔들어 춤추게 하는 요정들의 춤이다.
허나 축제의 장은 잠시 뿐 이별이 손을 흔든다.
떨어진 꽃잎의 꿈과 현실 사이, 꽃잎이 통째로 흘러가도 남은 자리
꽃 진자리에서 새살 돋는 꿈의 씨앗. 꿈이 싹트고 꿈이 영글고 있다.
벚나무 꽃집이 줄줄이 흘러간다.

4월 나무의 식사

창밖이 고양이털처럼 부드러워지고
나무들 숨소리 씽씽해지면서
지난 가을 팔이 잘린 나무가
팔을 삼킨 톱날을 먹는다
4월을 먹는다

삭정이 같던 가지들이 줄줄이 식탐을 한다
지난밤 내린 봄비와 밝은 햇살로 성찬이다

4월 나무의 식탁에
울음은 식단에 올리지 않는다
상처는 상처일 뿐이라고
봄바람이 차린 따뜻한 식사
부지런히 먹고 일어서는 중이다

식사를 하는 중에도 물관부의 맥박소리
꽃이 피고 잎이 피고
새들의 노래가 절창이다

4월 나무들 식사로 봄이 무럭무럭 자란다

나무와 식사를 같이 하려다

나는 그만 포만의 울에 갇히고 말았다

푸른 옷 갈아입은 비둘기 한 쌍

눈 맞춤 하며 푸르름을 껴안는다

일 년 중 사월은 사람의 성장주기로 보면 소년기로 가장 식욕이 왕성하고 성장
이 빠른 시기다. 살아오는 동안 힘찬 발걸음 내 딛던 오뉴월도 겪어보고 그리
풍성하지는 못해도 자신의 앞가림은 하며 늦가을 수확을 하고 있는데, 지금도
사월만 되면 허기가 도진다.

계절이 주는 성찬에는 보릿고개가 없는데. 나는 오늘도 풍성한 나무들의 식사
를 보면서 끼니를 못 때우던 피난민이란 어휘가 뒤 따르던 어린 시절 그 때를
떠올린다.

단순하면서 공평한 계절이 주는 나무들의 식사가 부러워지는 이유다.

문의文義 고인돌

풀숲에 덩그러니 앉아
앞뒤 문 다 열어놓고
태양을 향한 난해한 상형문자의 집
주인이 궁금하다

허공에 얹힌 너럭바위일 뿐인데
무량의 흑해를 건너던 한 영혼이
오천 년 삭은 뼈를 껴안고
오직 태양만을 우러르며
의로운 땅 문의에서 영원을 꿈꾼다

날아간 육신을 붙잡아
돌 밑에 숨은 비밀을 알 수 있다면
안으로 껴안은 사랑의 흔적을
한줄기 빛으로 굳게 닫힌 문을 열 수 있다면

지나가는 바람도 숨죽이는
영원의 잠, 영혼의 집에

어둠의 그림자로

신비롭게 미명으로 서 있는

당신은 누구신가?

말없는 말이 너럭바위에 앉았다가 침묵의 파편으로 떨어진다

말을 걸어보나 말 속에 내재된 무의미가 방해를 한다.

하는 수 없이 오천 년의 시간 여행을 떠난다.

그 시대 사람들은 왜 돌에 의지하려 했을까? 거석문화의 뜻을 이해하지만, 왜 수십 톤 무거운 돌에 눌려 영생하려 했을까? 조장이나 풍장을 통해 하늘을 오르려는 염원도 있는데. 자신의 죽음에 수십 명, 수백 명을 동원할 수 있다는 힘의 과시였을까? 그러고 보면 고대 이짚트의 파라오는 태양의 아들로 자처하면서도 거대한 피라미드에 스스로 갇히지 않았던가. 내세에서 하늘과 땅의 의미는 무엇일까?

이런저런 골몰한 생각에 느린 걸음으로 문의문화재단지 고인돌을 돌아본다.

척 하다가

지은이 | 조경진

펴낸이 | 노용제

펴낸곳 | 정은출판

1판 1쇄 | 2018년 10월 30일

출판등록 | 2004년 10월 27일

등록번호 | 제2-4053호

디자인 | 서용석

주　소 | 04558 서울시 중구 창경궁로 1길 29 (3층)

전　화 | 02-2272-8807

팩　스 | 02-2277-1350

이메일 | rossjw@hanmail.net

ISBN 978-89-5824-381-6 (03810)

값 10,000원

✻ 이 책은 충청북도, 충북문화재단의 후원으로 발간되었습니다.

척
하다
기

무한 속 순간을 사는 나
그 순간마저 잡념에 휘둘리고
'척' 이란 허울을 쓰고
포장된 나 아닌 나로 사는 게 아닌지?
알량한 시 몇 편 쓰고 시인인 척
쥐꼬리만 한 삭은 지식 붙잡고
아는 척, 잘난 척은 아니었는지
돌아보니
얼굴 붉어지는 부끄럼뿐이다.
이 밤 지나면 또 하루
긴 듯 아닌 듯 낮의 꼬리가 밤을 물고
이런저런 척하다가
하늘바라기 꽃대도 못 세우고……
오늘도 척 하면서 하루가 간다.

- 조경진

03810
9 788958 243816
ISBN 978-89-5824-381-6
값 10,000원